Tiempo de México

LA ÚLTIMA NOCHE DEL TIGRE

Primero vivo

CRISTINA PACHECO

LA ÚLTIMA NOCHE DEL TIGRE

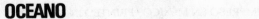

OCEANO

EDITOR: Rogelio Carvajal Dávila

LA ÚLTIMA NOCHE DEL TIGRE

© 1987, 2003, Cristina Pacheco

D. R. © EDITORIAL OCEANO DE MÉXICO, S.A. de C.V.
        Eugenio Sue 59, Colonia Chapultepec Polanco
        Miguel Hidalgo, Código Postal 11560, México, D.F.
        ☎ 5279 9000   📠 5279 9006
        ✉ info@oceano.com.mx

SEGUNDA EDICIÓN

ISBN 970-651-842-8

IMPRESO EN MÉXICO / PRINTED IN MEXICO

EAS

A la memoria de mi padre, que me enseñó a leer

Índice

Madre

$\mathcal{E}$n las últimas etapas de su enfermedad era necesario cuidarla to-do el tiempo: "Ahora ustedes son las mamás y yo la niña", decía mi madre, avergonzada de que viéramos su cama húmeda, el camisón sucio de comida, y de solicitar nuestra ayuda ante los muchos impedi-mentos que fueron sitiándola en su cuerpo, reduciéndola al mínimo espacio de su lecho.

Hasta el fin permaneció fiel a su catolicismo y a su espíritu de sacrificio, a veces irritante por lo desmesurado. Por no hacernos vícti-mas de su tristeza jamás nos dijo hasta qué punto estaba consciente de los estragos que la enfermedad había ido cobrando en su persona: la piel cobriza adquirió tintes amarillos, terrosos, morados, allí donde la radio-terapia sólo fue una brutal, innecesaria quemadura. De la cabellera abun-dante, al principio rojiza y después blanca, sólo quedaban unos cuantos mechones que se le caían con la facilidad de las hojas muertas. Los ojos se hundieron en sus cuencas, la intensidad de la mirada se agudizó; el es-panto y las lágrimas formaron una línea divisoria entre ella y el mundo.

Lo mejor de mi madre era su risa. Con esa arma se enfrentó a todas sus desdichas, hasta las últimas que hicieron aun más doloroso su fin: enfermeras malencaradas o indiferentes; los horrores de com-partir el cuarto de hospital con otras agonizantes. La risa la protegió de la vergüenza de saberse desnuda ante los médicos, para los cuales ella significaba apenas un nombre, un número, una historia clínica en que no contaban sus aspiraciones, sus relatos, sus sueños irrealizados.

II

Un día la sonrisa se desvaneció para siempre. Ante la seriedad de su rostro fueron inútiles nuestros esfuerzos para interesarla en con-servar su pedacito de vida. A partir de ese momento, con frecuencia la arremetían accesos de llanto que explicaba con una sola frase: "Lo que más me apena es que voy a dejar solo a tu padre. Ustedes están jóvenes y no me apuran tanto. Él está viejo, le gusta platicar de sus cosas, acordarse del rancho, de cuando nació la becerra fulana o hizo un injerto de no sé qué arbolito. ¿Quién va a querer oírlo si me muero? Pobre, cuando me vaya se quedará muy silencio...".

La inminencia de su muerte la preocupaba únicamente en cuanto pudiera afectarnos o liberarnos: "No se desesperen, ya no voy a darles muchas molestias", decía al vernos sufrir por ella. Sintiéndose a las puertas de un fin anhelado agregaba: "Ya quisiera estar muerta, pero ¿cómo le hago si el corazón no deja de latirme?".

Su dolor se multiplicaba porque, angustiados ante la imposibilidad de auxiliarla, nos veía debatirnos para combinar nuestras vidas personales con aquellos eternos ires y venires al hospital, aquellas noches en vela de las que salíamos con una nueva conciencia de la muerte y un terrible malestar en el cuerpo. "Me apena que vengan a cuidarme, que dejen a sus familiares. Si quieren, ya no vuelvan: no les sirvo de nada, no puedo darles nada. Olvídense de mí." Pero ¿cómo olvidarla?

III

Y al fin, una tarde en que estábamos a solas en su cuarto, ella, que nunca pidió nada, me tomó de las manos y me dijo en secreto: "Ayúdame a cruzar. Yo sola no puedo, no me decido". No entendí sus palabras. Insistió: "Estoy cansada, quiero irme. Por eso me enoja tanto que sigan mintiéndome, prometiéndome que voy a aliviarme. A cambio de puras esperanzas padezco demasiados sufrimientos. Ven, no se lo cuentes a nadie, pero las curaciones son terribles. Ayer me pusieron unas agujas en los dedos de los pies —mira, todavía están morados— dizque para inyectarme un remedio buenísimo. Más que curación es un tormento. La otra noche ya me estaba asfixiando y vinieron a ponerme unas sondas que me quitaban todavía más el aire. Lloré mucho pero ahora dicen que gracias a eso amanecí. ¿Para qué? Sólo para sufrir, para entristecerme por lo que veo en otras camas, por lo que oigo que sucede en los cuartos vecinos. Ándale, ayúdame a cruzar...".

Fingí no comprenderla. Procuré desvanecer su angustia acariciándola, aun cuando el contacto de mis manos era un martirio para su piel. "Hay pastillas, inyecciones, gotas de alguna cosa. ¿Qué te cuesta? Sácame de esto. Si lo haces, voy a ser muy feliz."

En mis ojos advirtió el pánico y la culpa. "Por Dios, no te preocupes. Hablo mucho con él. Si es justo, no puede parecerle bien que una acabe sus días de esta manera. Además, así, enferma como estoy, no solamente padezco un infierno sino que les hago mal a ustedes. Tu padre sufre mucho de verme; aunque venga y se ría y haga como si nada, por dentro se está desbaratando. Y todo por mi culpa. No es justo... ¿Vas a ayudarme? Yo me hago responsable. Sólo tráeme alguna cosa. No se lo digo a nadie. Guardo el remedio y un día, sin que te imagines ni cuándo ni a qué horas, me lo tomo." Ella no parecía escuchar mis negativas porque continuaba: "Tienes que apurarte; el sábado van a ponerme otra vez las dichosas inyecciones. El dolor es muy grande, muy grande. No quiero soportarlo. No dejes que me hagan esas cosas...".

Pretexté algo para salirme de aquel cuarto sombrío. Antes de llegar a la puerta vi el esfuerzo que mi madre hacía para incorporarse en el lecho. Enfurecida, temblorosa, gimiendo, me gritó: "No te vayas. Acuérdate de que yo te di la vida: ¿no es justo que ahora tú me des la muerte que tanto necesito?".

No pude darle a mi madre el don que me pidió. Junto con mis hermanos la vi desbaratarse, arrastrarse sola hasta la otra orilla.

CALLE VIEJA

A la memoria de Luis Enrique Délano

I

*L*arga y angosta, la calle envejeció de punta a punta. No tiene memoria ni futuro. Quien transite por ella experimenta la sensación de caminar en el interior de un féretro hecho de tezontle, una franja de cielo y su imagen calcada por los charcos. Ni un soplo de viento. El aire parece congelado como el tiempo. Las paredes tiemblan y gimen por las cuarteaduras que dejan escapar hilitos de agua. En las aceras no hay árboles, en las ventanas no crecen aretillos, ni flores del desierto, ni tréboles, ni coronas de Cristo. El verde está en el musgo que ha brotado para formar islotes en un mar de piedras rojinegras.

Las casas son antiguas, rústicas. Así lo indican las ventanillas demasiado altas y desiguales, las puertas muy estrechas. Todo es silencio, pero basta que una sola de ellas se abra para que la calle, aparentemente abandonada, se llene de un zumbido de colmena: voces, risas, llantos, rumores de vidas que transcurren bajo los cielorrasos, al calor de foquitos desnudos y siempre tropezándose con las cuerdas que, tendidas de una pared a otra, permanecen cargadas de ropa maloliente.

Cuando la ventana o la puerta indiscreta se cierran de golpe, el zumbido cesa. La calle vuelve a quedar mustia, reconcentrada en su vejez, como esas mujeres que amparan su trabajo en el silencio; como esas beatas que esconden sus apetitos tras el gesto duro o el rostro pétreo inexpresivo.

II

La calle jamás ha renovado su aspecto, sus hábitos ni sus moradores. Cuando alguno muere, su deceso es apenas una rasgadura en la tela apretada que han tejido sus habitantes. De esa calle la gente sale únicamente muerta y siempre tranquila. Los que se van saben que no serán olvidados porque heredan su rostro, sus gestos, su nombre, sus señas personales a los hijos, nietos, biznietos, que reciben también la vivienda, la ropa, el oficio, la religión y las dudas.

Aquí las historias se renuevan. Saltan de una ventana a otra y si en alguna parte se enriquecen es en el interior del estanquillo oscuro donde todavía es posible encontrar vinagre, tinta, lazos, velas y alimentos.

Implacable con sus clientes, Josefina ha vivido tras el mostrador de madera desde hace muchos años. Llegó siendo una muchachita recién casada, pálida, de nariz puntiaguda. El tiempo y el trabajo han desgastado su buen humor y su piel: los huesos parecen a punto de romper la leve tela de color amarillo en que nunca se dibuja una sonrisa. Desde su sitio junto a la báscula y el cajón del dinero, vigila todos los movimientos de su esposo Lorenzo. Quien lo vea desbordado en su silla, dormitando junto a la estrechísima puerta de la accesoria, nunca imaginará hasta qué punto ese hombre vive atormentado por la idea de su muerte.

En paz con Dios y con los hombres, Lorenzo no teme el tránsito a la otra vida sino el ridículo. Heredó de su padre las proporciones gigantescas: casi dos metros de estatura y más de cien kilos de peso. Su padre murió cuando él era apenas niño de siete años y desde entonces recuerda lo difícil que fue sacar al gigante difunto por la puerta de la vivienda. Fue necesario torcerlo, doblarlo, quebrarlo dentro de la inmensa bolsa negra en que —de todas formas— no cupieron los pies.

Junto con la frase que su madre pronunció entre lágrimas —"Pobrecito, es que no quiere irse, no quiere dejarnos"— bullen en su memoria las burlas de los curiosos que, entre risas disimuladas, estuvieron presentes en el último día del gigante.

Lorenzo no quiere ser escarnio de nadie cuando muera y por eso está alerta para que la muerte no lo sorprenda en su casa, donde está poco tiempo y duerme intranquilo. Apenas amanece, se instala junto a la puerta de su accesoria. Allí se queda todo el día y parte de la noche, siempre aguardando a su muerte, que según él llegará acompañada de su padre y su abuelo: sólo ellos saben lo triste que es la última hora de un gigante.

III

Entre un extremo y otro de esa calle no hay nada extraordinario: vida y muerte normales. La naturaleza cumple su tarea con absoluta puntualidad, las generaciones se encadenan con un vigor imposible de vencer, a la pena sucede el olvido y a la desilusión las esperanzas.

No, en esa calle no ocurre nada. Como en todas partes el hambre de los niños es infinita, su risa y su llanto resuenan como desde el principio de los tiempos; la ebriedad de los hombres es violenta e inútil; las mujeres soportan pasiones y abandonos sin que sus vientres dejen de florecer. En un secreto a voces se libran las antiguas batallas de amor, se lucha —con desesperación como siempre—, contra la soledad. Sobre los muros de tezontle no florecen las bugambilias, pero deslumbra el color intenso de la vida.

El combate de las águilas

I

*P*arecería que un ser invisible hubiera impuesto equilibrio entre las cosas que hay en esa esquina y las personas que la frecuentan a diario, sin atreverse a alterar el orden que es parte de su destino, de su historia, de su manera de vivir.

El Negro Salas, guitarrista, ocupa todos los días el mismo sitio bajo el toldo que, si apenas ofrece protección a quienes esperan el autobús, a él lo provee de cierta acústica indispensable para que su mala voz y su peor rasgueo logren sobresalir mínimamente entre el aluvión de motores y cláxones. No muy lejos de él está la anciana que, con chaqueta y zapatones masculinos, conduce de la mano al esposo ciego en cuyo nombre pide: "una caridá, lo que sea, pero algo...".

A mitad del camellón, junto a un escape de agua, Felipa, la vendedora de muñecas de trapo, deja el morral con la botella del recién nacido y los tiliches con que juegan sus hijos mayores, Eloy y Margarita, que se entretienen agitando el charco o se adormecen, muertos de hambre y fastidio, junto al agua que se arrastra siempre a nivel del suelo. El matrimonio que vende billetes de lotería ocupa, desde hace varios meses, la zona próxima a la única banca de granito: allí descansan cuando les faltan las fuerzas, la paciencia, los clientes; "pero nunca, nunca, la fe en que Nuestro Señor ha de ayudarnos".

Bajo los árboles del camellón es motivo de curiosidad la familia que teje palma y mimbre mientras intercambia frases en una lengua extraña de la que únicamente el hombre —padre, marido, guía— se atreve a salir para tratar, valiéndose de precisas palabras castellanas, con los clientes que le llevan sillas y mecedoras que él repara con paciencia y sabiduría. Cuando su compañera o sus hijos apartan los ojos del trabajo es para ver a la jovencita mazahua que habla, como ellos, un idioma tan hermoso y tan complicado como su vestimenta llena de colores, bordados, pliegues, sobrefaldas y holanes.

En los extremos de la calle se instalan siempre los que limpian parabrisas o venden chucherías de moda. Van y vienen, se agitan, dan marometas sobre los cofres de los automóviles mientras que un hombre o una mujer lanzan llamas y escupitajos a muy poca distancia. Sin sol, la calle arde.

II

Buena parte de la banqueta, entre los árboles y el escape de agua, es consagrada a Chon, el danzante. Eternamente solo, nadie sabe de dónde llega con su penacho ralo, su capa brillante y descolorida y los huaraches, menos ásperos que las plantas de sus pies. Su rostro es inexpresivo, de su boca jamás sale palabra. Todo él es esa música tristísima que brota de su flauta de carrizo, de los cascabeles que anudados a sus tobillos suenan con rumores de hojas muertas.

La danza de Chon no tiene principio ni fin. Es siempre tan monótona como la música que él interpreta y a la que de vez en cuando se suma otro sonido: el metálico de las monedas que caen junto al danzante. Oscuro e inmutable, Chon apenas se inclina para recogerlas y guardarlas en el morralito que lleva atado a la cintura. Luego continúa la danza que transcurre siempre en el mismo sitio, a un ritmo que es como un lamento antiguo y misterioso.

III

Por el atuendo, por la rareza de su baile, por su sabiduría para mezclar el silencio y la música, Chon fue la figura luminosa de la cuadra hasta el momento en que apareció otro danzante. Más joven, el recién llegado mostró su disposición al combate al exhibir un penacho alto y tupido, una piel de tigre sobre la capa de charmés y cascabeles metálicos en los tobillos. Al ritmo de su chirimía, el Negro Salas, la anciana con chaqueta y zapatones masculinos, la niña mazahua, los tejedores de palma, Felipe, los tragafuegos y limpiaparabrisas quedaron como encantados, inmóviles a causa de la sorpresa.

La tranquilidad volvió a ellos cuando notaron que Chon no interrumpía su danza. Al parecer la música y los nuevos movimientos eran para él nada más ecos y sombras.

En ese duelo de música y color estuvieron los dos hombres algunos días. Concentrados en el encuentro, ignoraron la curiosidad, la

inquietud y hasta las burlas que su combate a distancia suscitó, no sólo entre los vendedores de la cuadra, sino entre los automovilistas y
peatones que señalando con el dedo, primero a uno y luego a otro, mur-
muraban: "Qué chistoso: dos danzantes en el mismo lugar".

La maestría y la necesidad hubieran permitido a Chon resistir
el combate y resultar vencedor si una mañana su enemigo no hubiera
aparecido acompañado de una mujer. Pequeñita, sonriente bajo el ala de
un sombrero de palma, y con el rebozo terciado sobre el pecho, la joven
caminaba a cierta distancia de su compañero, de modo que el esplendor
de su penacho la coloreaba, lo mismo que la música hacía ágiles y gra-
ciosos los movimientos con que ella se inclinaba para recoger las monedas. Joven y hermosa, era como la luna llena reflejando la luz del sol.

Una mañana Chon ya no volvió, se hundió en el ocaso. En la
calle se restableció el orden, y en el cielo, tras nubes espesas, brilló el
único sol.

María de la Luz

I

*H*abía pasado más de un año desde que Lucha dejó el barrio para volver a su pueblo: "Mi mamá está enferma y tengo que cuidarla", nos dijo una tarde conforme fuimos llegando a su estanquillo para comprarle algunas de las mercancías que guardaba en anaqueles, cajones, latas, frascos. Se fue con la promesa de volver en cuanto se arreglara "la cuestión de mi mamá".

La Jalisciense era mezcla de frutería, tienda de abarrotes, tlapalería, farmacia y consultorio. Lucha era capaz de poner inyecciones y preparar jarabes con un procedimiento básico: si las yerbas medicinales no son expuestas al rocío del amanecer, si no pasan la noche remojándose en tal o cual líquido, "no sueltan la sustancia".

La Jalisciense era Lucha. Nunca nos habríamos enterado de lo que ella significaba en el barrio de no haber sido porque Concho volvió de San Juan: "Me fue bien por mi tierra, pero tuve la contrariedá de saber que doña Lucha murió... Y lo que son las cosas: su madre, a la que estuvo cuidando, vive".

En cuando la noticia corrió por el barrio la ausencia de Lucha se convirtió en un vacío. Era como si hubieran tirado la casa de la esquina o el altarcito levantado hacía muchos años que nosotros seguíamos cuidando y adorando.

II

Lucha no era joven ni bonita. Ella misma se burlaba de su físico. De estatura pequeña, compacta, de brazos y piernas muy gruesas, era una mujer de varios colores. Sus ojos cafés estaban bordeados de sombras que se oscurecían repentinamente. El cambio iba unido a jaquecas que la obligaban a ponerse en las sienes chiqueadores de hoja y de papa, o ramitas de ruda en las orejas. En su piel cobriza brillaban entonces dos nuevos colores: amarillo y verde.

Con frecuencia veíamos en sus brazos manchas rojas que luego pasaban a ser lilas y finalmente moradas. Tronando el chicle, sin rencor ni malicia, las explicaba así: "Vino a visitarme mi hermano Severo y, nomás porque me halló platicando con Joel, me agarró a golpes. Canijo: es bien celoso. Eso que lo deje para su mujer, no para mí, que soy su hermana. Pero no entiende. Apenas toma unas cuantas copas se arranca a visitarme y me golpea. ¿Qué me celas, infeliz?, le digo yo. ¿Crees que con este cuerpo de mojonera los hombres se me acercan por el gusto?".

Si Lucha hubiera podido mirar desde lejos el efecto que nos causó su muerte, de seguro se habría quedado sorprendida, sobre todo al ver el desamparo en que cayeron sus visitantes más fieles: Cosme, Néstor y Ladislao. Cada uno de ellos se presentaba en nuestro rumbo al menos una vez por semana.

Ladislao es ropavejero. Lleno de carraspera y desconfianza, siempre tuvo ojos de lince para ver hasta el último desgarrón de los trapos que le entregábamos a cambio de un florerito, un cenicero, un juego de cubetas, pero en cuanto entraba al estanquillo de Lucha se volvía manso, tímido, sonriente. Néstor es afilador. De sus ojos amarillos salían chispas, igual que de la piedra donde frota tijeras y cuchillos, en cuanto le pedíamos que nos rebajara el precio, pero se le quitaba lo marrajo apenas veía a Lucha. Entonces hasta le suplicaba: "Ándele, déjeme afilarle alguna cosa mientras platicamos. Si ahorita no tiene, luego me paga".

Las visitas de Cosme eran las más espaciadas. Albañil de oficio, había vivido mucho tiempo atrás en el barrio. En un año de prosperidad siguió los consejos de su compadre y se cambió a un lotecito en una colonia remota. Sin embargo, por lo menos una tarde al mes volvía a nuestra calle para ofrecernos sus servicios: enjalbegaba o resanaba con habilidad y siempre de prisa. Invariablemente al terminar su trabajo lo veíamos inclinado bajo alguna llave de agua para quitarse de la cara y las manos los restos de cal y de cemento. Húmedo y sonriente, se iba camino de La Jaliscience donde bebía traguitos de cerveza Victoria mientras conversaba largamente con Lucha.

Las pláticas de Cosme no eran motivo para que Lucha descuidara a su clientela. Surtía los pedidos sin desatender las confesiones de su amigo. A las ocho, hora en que cerraba las puertas verdes de La Jaliciense, Lucha salía hasta el umbral para despedir a Cosme. Allí se quedaba un ratito, mirándolo alejarse con la ropa encalada y la bolsa de herramientas golpeándole el costado. En la esquina Cosme se volvía para hacer un último saludo a su amiga.

III

Durante el año en que Lucha estuvo ausente alquiló La Jalisciense a una comadre. Leonor, llena de hijos, fue descuidando el negocio hasta que la escasez se aposentó en los anaqueles. No era extraño encontrar en el canasto de las verduras jitomates enlamados. Las visitas de Néstor y Ladislao se volvieron raras. "No conviene venir. Hay muy poco trabajo y la señora Lucha ya no está."

El único que siguió frecuentándonos con regularidad fue Cosme. Ni él ni nosotros mirábamos con inquietud las puertas cerradas de La Jalisciense porque siempre teníamos la certeza de que su dueña iba a regresar.

IV

Al saber que Lucha había muerto nos entristecimos tanto como al pensar que tendríamos que decírselo a Cosme. ¿Quién iba a tener el valor de hacerlo? Creo que se lo dijimos entre todos. Con una palabra aquí y otra allá fuimos echándole encima aquella pena. Nuestras palabras sonaban como puños de tierra sobre la caja de un muerto: "Buenas tardes, don Cosme. ¿Está bien? Pues nosotros con salud, pero tristeando". "Nos enteramos de repente, nos agarró de sorpresa." "Imagínese: Lucha murió." "Estaba bien enferma del corazón y no se lo dijo a nadie."

Cosme nos oyó como si nada. Siguió preparando su mezcla y poniendo los tabiques en el lugar preciso. Cuando terminó el trabajo recibió la paga y sin lavarse la cara ni las manos se fue directamente a La Jalisciense. A las puertas de la miscelánea se había ido formando un altero de basura y desperdicios. Allí se sentó Cosme. Un rato estuvo en silencio. Luego se soltó a llorar. Las lágrimas le corrían por la cara salpicada de cal y de cemento, marcándole rayones como a una pared recién pintada a la que se le viene encima un aguacero.

Todos vimos llorar a Cosme y a quienes nos acercamos a consolarlo nos dijo lo mismo: "Ésa fue su enfermedá: tantísimo corazón".

Humo en los ojos

–Las chapas ni se te notan. Te ves todavía muy pálida. Prueba tantito bilé del mío —Elvira revuelve los cosméticos que lleva en una bolsa y saca un lápiz labial. Aída lo rechaza—: Es un color muy fuerte para mí.

–De eso se trata, de que ya no tengas cara de muerto fresco. Además no creas que es tan fuerte. Parece, porque es nacarado.

Por cortesía, Aída toma el cosmético y delinea sus labios, los aprieta varias veces, se aleja un poco para mirarse en perspectiva. Se queda unos segundos inmóvil pero luego se limpia bruscamente la boca con el dorso de la mano.

–¿Qué, no te gustó?

–Tu bilé está muy bonito, lo que pasa es que cuando una anda apachurrada ni la pintura le agarra...

Aída se aleja del tocador. Toma una cajetilla y enciende un cigarro. Fuma con los ojos cerrados y la cabeza echada hacia atrás. Elvira la observa por el espejo y le dice: –Procura animarte un poquito...

–Sí, te lo juro...

–No, ¡qué va! Tú sola te das cuerda, te pones a piensa y piensa y así hasta te vas a enfermar. ¿Y crees que con eso Gildardo va a volver?

–No, si yo no quiero que vuelva. En Quintana Roo está mejor que aquí. Por lo menos allá tiene un trabajo seguro.

–Pues ahí lo tienes: vele el lado bueno a la cosa. Además, Gil no está muerto. Te apuesto lo que quieras a que no tarda en venir a visitarte.

–Dijo que vendría a verme en cuanto pudiera. Lo malo es que yo no sé si voy a aguantarme sin verlo —dice Aída, mordiéndose las uñas.

–Ay tú, pero si no vivían juntos...

–Nos veíamos todos los jueves en la tarde... y hoy es jueves —Aída se sienta en la cama, donde ya está dispuesta la ropa que usará en su trabajo nocturno: pantalón y suéter entallados, sandalias blancas, una bufanda floreada.

–¿Y por eso vas a llorar? Si tanto te duele no verlo hoy, piensa que es lunes o viernes o cualquier otro día. Total, todos son iguales... No, no te burles. Te parecerá tonto lo que digo, pero no encuentro otra manera de ayudarte para que no sufras.

—Es que lo extraño como loca —Aída aprieta los labios.

—Que sea menos, chula. Caray, ya estamos grandes: él no era tu señor ni jamás te prometió nada...

—No, claro que no. Gildardo nunca me dijo mentiras —en la voz de Aída hay rabia. La descarga apagando su cigarrillo con violencia. Luego sonríe y toma el cenicero de barro—: Él me lo regaló. Nos lo robamos la noche que fuimos a Garibaldi. Híjole, se puso hasta atrás. Con decirte que yo lo llevé a su casa.

Las dos mujeres ríen. Elvira, conmovida por la emoción de su amiga, le pregunta: —¿Y su esposa?

—Nunca supo que nos veíamos. Ni se imagina que existo. En cambio yo sé cosas de ella. Gil me las contaba a veces.

—¿Te gustaba mucho? Quiero decir, ¿más que otros hombres?

—No, no creas que lo extraño por eso... Tú sabes que al principio nos acostábamos, pero después, con el tiempo, todo se convirtió en una amistad muy bonita —Aída se acerca a la ventana que da a la azotehuela—. Platicábamos bastante.

—Ay sí, ahora me vas a salir con que hasta eres señorita —exclama Elvira—. Todo puro güirigüiri, ¿no?

—Pues más bien sí. Sobre todo a últimas fechas: él no tenía dinero para llevarme a ninguna parte...

—¿Nunca lo trajiste a tu cuarto?

—No, y él siempre quiso venir a conocerlo, dizque para poder imaginarse cómo era mi vida —toma un tucán de peluche y lo besa—: Nos lo ganamos tirando aros en Reino Aventura. Bueno, se lo ganó él pero me lo regaló y hasta me dijo: "Me gustaría ver dónde vas a ponerlo". Pero no, no quise que viniera.

—¿Te daba miedo...?

—¿Que cuando él estuviera aquí llegara otro a buscarme? No, ya te lo dije: nos conocimos en la calle, él siempre supo cuál era mi oficio. A lo mejor no me crees pero a Gildardo, sobre todo a últimas fechas, nunca le acepté un centavo.

—Újule, pos qué tonta. Después de todo te ocupaba... aunque sólo fuera para platicar. Además, qué codo, oye...

—Bueno, me llevaba a cenar, a tomar unas copas y él siempre pagó... ¿Por qué me ves así? ¿No me entiendes, verdad?

–Pues será porque yo nunca he encontrado un hombre que me hable bonito... ¿Por qué te da risa lo que te digo?

–Porque Gildardo no me hablaba bonito, ni me presumía de su trabajo como otros, ni andaba con él por ser muy salsa y muy bueno para los negocios... —Aída se muerde los nudillos y ríe—: Al pobre le iba re'mal como a mí...

–Ay oye, no exageres. Tú todavía tienes trabajo. Acuérdate que Gil anduvo sin chamba como siete meses...

–Fue cuando empezó a enfermarse. De la preocupación se le cayó mucho el pelo. Yo le regalé aceite de oso, que dicen que es muy bueno... pero la verdad el pobre cada día estaba más calvo... Eso no me importó. Me gustaba mucho salir con Gildardo, acompañarlo. A veces me llevaba a ver a algunos de sus amigos... pero fíjate, nunca quiso que me bajara del coche. Creo que le daba vergüenza que lo vieran conmigo.

–Estás loca: lo hacía por celos.

–Ay, cómo crees. ¿Celos de mí? —Aída vuelve a colocarse frente al espejo. Con la punta de sus dedos recorre la línea de la barbilla que se une al cuello; toca su vientre abultado, sus caderas voluminosas—: ¿Así de gorda como estoy, crees que sus amigos se iban a fijar en mí?

–Tú no estás gorda y además, francamente, él no era una varita de nardo...

–No, pero decía mi nombre de una manera tan bonita, tan bonita...

–Ándale, cuéntame, ¿cómo te decía?

–Aída, sólo me decía Aída... Pero no sé por qué te estoy contando estas cosas. Ya es bien tarde, hay que trabajar, aunque sea jueves y Gildardo no vaya a aparecer. Pásame mis medias, ¿no?

Aída se despoja de la bata y empieza a vestirse: –Cuando vaya al centro voy a comprarme un mapa: quiero saber en dónde está Quintana Roo.

Matar un ruiseñor

I

*L*a bolsa con restos de comida y dos cascos de refresco está sobre la mesa. La maleta quedó junto a la cama donde duerme Rocío, que a veces se agita en suspiros entrecortados, como si hasta en el sueño una profunda pena agobiara a la niña.

Los últimos rayos del sol iluminan la máquina de coser. Florita está inclinada sobre ella: borda iniciales en una bata blanca. Murmurando frases incomprensibles, Remigio se levanta del sillón desvencijado, pone el veliz en la mesa y lucha inútilmente por desatar el lazo que lo asegura. Al cabo de unos instantes se vuelve hacia su esposa:

—Préstame las tijeras. Apreté mucho esta madre.

Florita hace un gesto de impaciencia. Remueve las piezas de tela que están sobre la máquina, abre y cierra los cajoncitos:

—Aquí las tenía hace cinco minutos... No sé quién diablos las agarró.

—A mí no me digas. ¿Para qué iba a tomarlas?

—No sé, no sé para qué, el caso es que ya no las tengo —dice ella. Se levanta y palpa con nerviosismo las bolsas de su delantal.

—Si te vas a enojar, ya no las busques...

—No las busco por ti, sino por mí: las necesito para trabajar.

Florita dice la última frase en tono de reproche. Ofendido, Remigio se da vuelta hacia el trinchador y revuelve el cajón de los cubiertos.

—¿Qué buscas? Allí no están las tijeras. ¿Cómo crees que voy a ponerlas entre las cucharas? Pos si no estoy loca...

—Primero le pegaste a la niña y ahora quieres pelearte conmigo... como si fuera culpa nuestra lo que pasó.

—Lo único que te digo es que necesito más que tú las tijeras —exclama Florita jadeante—. Deja eso. ¿Qué fuerza es que abras ahora mismo el veliz?

–Ultimadamente, ¿a ti qué te importa? —Remigio toma un cuchillo de cocina y lo observa unos segundos. Florita se estremece y vuelve a su sitio. Reemprende su trabajo—: Vas a quedarte ciega si no prendes la luz.

–Todavía falta para que oscurezca —Florita pedalea con furia. El ruido de la máquina aumenta entre las cuatro paredes, caldeadas por un intenso día de sol.

–Ya para ese maldito ruido. ¿Qué no ves que estoy cansado del viaje? —Remigio logra cortar el lazo. El veliz derrama ropa sucia, bolsas de plástico, varios periódicos y un ejemplar de *Teleguía*. Sin explicación alguna, Remigio ofrece a su mujer la foto en que aparece Rocío sonriendo a las puertas de Televicentro. Ella apenas la ve se tapa los ojos con la mano. Remigio simula no entender el gesto de su esposa y prefiere llevar la bolsa de comida a la cocina. Florita logra controlarse y vuelve a su trabajo:

–Yo lo alzo todo mañana. Tú estás cansado. Duérmete.

–Es muy temprano. Si me acuesto ahorita voy a estar revolcándome en la cama toda la noche. Me duele la cabeza porque en todo el camino de regreso me estuvo pegando el sol...

–Pos aguántate tantito. Quiero entregar estas batas mañana.

–¿Tienes mucha prisa?

–Sí, mucha, porque si no, ¿con qué reponemos lo del viaje? Fue un gasto inútil —dice en voz baja, pero Remigio alcanza a escucharla porque le muestra varios billetes.

–No lo gastamos todo... Pagué sólo un día de hotel.

–Debí haber ido con ella. Yo me hubiera quedado otro día o no sé cuántos con tal de que...

–¿Tienes cien mil pesos? Porque si no los tienes hubieras valido gorro, igual que yo...

II

Florita y Remigio ocupan los extremos de la mesa. Rocío está entre ellos. Sus caireles se han vuelto una plasta pegajosa sobre su cabecita. Parpadea para vencer la irritación que el llanto dejó en sus ojos. La madre oculta su tristeza en un gesto de rabia:

–¿Qué no vas a cenar, escuincla?

–Déjala, pobrecita —dice Remigio al ver que la niña está otra vez a punto de llorar.

–Qué pobrecita ni qué nada... Ándale tú, traga y no pongas esa jeta porque verás...

–Te digo que la dejes en paz —exclama Remigio, retirando su plato de un manotazo.

–Es que... me da coraje. Me choca verte así, escuincla, ¿me oyes? —la niña intenta levantarse de la silla pero Florita se le echa encima. Rocío gime—: Te aplastas y tragas, ¿qué te ganas con no comer?

–Si no quiere, déjala... Si te hubiera sucedido lo mismo que a ella tampoco tendrías hambre.

–Pos ni que fuera para tanto —Florita se levanta con el plato y la taza en las manos. Los estrella en el fregadero—: Ya ni yo, que me tallé cosiéndole dos vestidos.

Florita no puede seguir hablando. Llora, golpea el fregadero con los puños y se pregunta:

–¿Por qué somos tan pobres? ¿Por qué nunca podemos hacer nada? Caray, da coraje...

Al ver que su madre sufre, la niña se levanta y corre para abrazarla. Remigio queda en su sitio, desconcertado.

–No llores, mamita, no llores... Te prometo que voy a cenar, aunque no tenga nada de ganas.

Conmovida por las palabras de su hija, Florita se vuelve hacia ella y la estrecha con fuerza:

–Ay mi vida, si hubiera sabido lo que iba a pasar... Yo pensé que como tienes una voz tan linda, te oirían los señores de la televisión. A otros niños les han dado oportunidad de cantar, ¿por qué a ella no? —Florita dirige la pregunta a su esposo...

–La oportunidá de concursar sí se la dan, nadie dice que no... claro, siempre y cuando paguemos los cien mil pesos...

–Cien mil pesos —repite Florita, acariciando el rostro de su hija. La tristeza que adivina en los ojos de Rocío le devuelve el valor para decir—: Cien mil pesos... ya ni es tanto, no te apures... ¿Sabes, mi amor? Voy a juntarlos, a como dé lugar, y en cuanto los tenga yo misma te llevo a México para que te den una oportunidad en la televisión... Uy, ya verás la de trabajo que vas a tener, muchachita chillona.

–¿Y ya no voy a ir a la escuela? —pregunta Rocío.

–Pues sí... bueno, no sé. Mira, ahorita vete a la cama.

–Tú acuéstame —dice la niña, reclinando la cabeza en el hombro de su madre.

–No, mi amor, acuéstate tú solita. Yo voy a trabajar otro rato.

–¿A estas horas? ¿Para qué? —pregunta Remigio, que ve frustrado el deseo de unirse a su mujer.

–¿Cómo que para qué? Tenemos que juntar los cien mil pesos. Esta niña es una artista y merece que la oigan y que le den chance en la televisión. La van a aceptar, te juro que la van a aceptar... Ándele, muñeca, y no se me apachurre.

Rocío va a la cama. No se desviste. Pronto empieza a hundirse en el sueño al ritmo de la máquina sobre la que su madre trabaja y llora.

Historia de primera plana

I

*E*sta mañana volvió la calma al hotel de paso que también alberga a campesinos paupérrimos e inmigrantes esperanzados. Hoy los vecinos del cuarto 22 ya no golpean el piso ni las paredes exigiendo "callen a esa criatura". Berta ya no va y viene por la habitación número 23 retorciéndose las manos y prometiendo sacrificios infinitos "si mi angelito se pone bien"; Felipe detuvo al fin su ir y venir incesante por la pieza estrecha que huele a vómito.

Todo es silencio. La niña ya no gime, ni se convulsiona, ni suda, ni se arquea, ni rechaza el pecho de su madre, el tecito, los paños calientes que no sirvieron para quitarle los dolores. Esta mañana la niña ya no llora porque está muerta. *No llores, Jesús, no llores/que me vas a hacer llorar/y los niños de este barrio/te queremos consolar...*

II

Pálida, rígida, fétida, la niña está en el lecho. Entre las sábanas revueltas y sucias es apenas un bultito. Vivió más en el vientre de su madre que en el mundo: ocho meses en que no tuvo nada, ni siquiera un nombre pequeño y sencillo como Ana, Sara, Luz, Elsa, María... Su cuerpo no recibió más agua bautismal que el llanto. Berta, su madre, pasó de un asombro a otro: de la adolescencia a la maternidad. *Madre mía: socorred a mis hijos. Que esta palabra sea el grito de mi corazón desde la aurora.*

III

En la habitación número 23 no se escucha un solo ruido: Berta no tiene lágrimas, Felipe no busca explicaciones. Una mosca se adueña del silencio: lo rasga con sus alas, lo frota entre sus patas, lo sobrevuela, lo marca, lo duplica en el espejo, lo azota contra la única ventana y al fin lo rompe. Satisfecha e irreverente, la mosca se posa en la cabecera de la cama que lo ha soportado todo: desde los amores mercenarios, infames o violentos, hasta la muerte de un ser al que nunca nadie podrá llamar con otro nombre que no sea simplemente "la niña".

En el cuarto sin sonido de pasos o de voces no hay reloj, pero hay tiempo. La mosca lo señala, lo sugiere con la misma precisión con que la realidad formula preguntas aterradoras: "¿Y ahora qué hacemos?". "¿A quién le avisamos?" "¿Cómo la enterramos, en qué la enterramos, dónde la enterramos?"

Berta no tiene más respuesta que un sueño imposible: "Sería tan lindo volver a tenerla dentro de mí, bien calientita, creciendo... Si mi niña volviera a nacer ¿crees que las cosas serían distintas?". Felipe va a responder: "No, porque seríamos igual de pobres", pero calla. En el fondo cree que lo único posible es huir, abandonar el cuerpo, irse a otro sitio donde nadie les pregunte. "¿Y qué tuvieron: niño o niña?" "Si ya la bautizaron, ¿cómo se llamó?"

Tú que en el mundo probaste todas las amarguras de la vida, ¿te harás sordo cuando algún mortal te invoque y te descubra el centro de su alma, que sufre traspasada por alguna gran pena...?

IV

El tiempo no respeta nada. Corrompe los cuerpos de pecadores e inocentes, traiciona juramentos, borra memorias, vuelve el amor odio y reproche, sobre todo en el tiempo de la desesperanza. "Si no me hubieras robado de mi casa todo sería distinto. Si no hubieras querido irte conmigo, todo sería distinto. Si hubieras seguido trabajando la tierra, todo sería distinto. Si aquél no me hubiera aconsejado venirme para acá, todo sería distinto. Si no fuéramos pobres, todo sería distinto. Si estuviéramos allá con nuestra gente, todo sería distinto."

Cansados de discutir, Berta y Felipe regresan al silencio. Miran el cuerpecito y se dan cuenta de que a partir de él ya nada puede ser distinto. "Si tuviéramos dinero para velarla, para comprarle su cajita y sus flores, para enterrarla en el panteón", dice Berta. Recuerda los cortejos que, allá en el pueblo, iban tras los padres de algún niño muerto. "No íbamos tan tristes porque todos sabíamos que el angelito subía directo al cielo para ser, hasta el fin de los tiempos, custodio y acompañante de Dios Nuestro Señor."

Agotada por la pena, Berta no puede comprender por qué su niña no conoció el sueño tranquilo, ni los placeres del juego y las caricias; menos puede explicarse qué ocurrirá con la inocente: "Parece que no tiene derecho ni al cielo ni a la tierra". Felipe no escucha ya las palabras de su mujer: mira que son cuatro, cinco, seis las moscas que están en la habitación. Sus cuerpos sobre la pared blanca son idénticos a las manchas oscuras que han comenzado a aparecer en el rostro de la niña. "¿Cómo la enterramos, dónde la enterramos, con qué la enterramos?"

V

Aquella tarde, en la triste habitación de un hotel de paso que también alberga a campesinos paupérrimos e inmigrantes esperanzados, Berta y Felipe encontraron la respuesta a sus preguntas: "Macabro descubrimiento en una terminal. La policía detuvo a una pareja que intentaba sacar de la ciudad en una maleta negra el cuerpo de su hija, recién fallecida. Al ser interrogado, el matrimonio declaró que como no tenían recursos para sepultar debidamente a su primogénita, decidieron llevársela a su pueblo, donde supusieron encontrarían la ayuda de familiares y amigos para hacer un entierro digno".

La historia de Berta y Felipe apareció en la primera plana de un diario leído por miles de inmigrantes que llegan todos los días a la capital. Muchos de ellos son parejas. Traen en brazos a sus hijos recién nacidos.

La bala en el corazón

I

Que hubieran matado así a un muchacho de dieciséis años a todos nos indignó y nos dolió, pero a nadie como a su madre. A
cada rato me la imagino sola, extrañándolo, recordándolo. Cuando
muere un joven de esa edad deja un vacío muy grande: tanto como el
espacio que ocupaban el sonido de su voz, sus gustos, sus sueños, toda la vida que lo estaba esperando y no lo alcanzó.

Si hubieran visto a su madre... Con qué entereza buscó el cadáver aquí y allá hasta encontrarlo. Y entonces nada de gritos, ni de insultos, ni de volverse loca cuando le pidieron su testimonio. ¿Qué puede
declarar una madre a quien le matan a su hijo? Yo, en ese caso, no habría
tenido palabras. Ella, en cambio, habló fuerte y claro:

"Sí, ése es mi muchacho: Federico. Lo mataron de un balazo en
el corazón, no sé quién ni por qué. Uno solo. Él no alcanzó a defender-
se, ni a gritar: la muerte apenas le dio tiempo de morir. Fue como un golpe que lo tiró al suelo, igual que si le hubieran roto las piernas y no hubiese podido levantarse. Pero a mí no me golpearon, ni me hirieron, ni
me doblaron. Así que vengo por él para enterrarlo como Dios manda."

II

No sé cuánto tiempo hicimos hasta la casa, pero en todo el camino la madre siempre estuvo en silencio. Y ni una lágrima. Todo el dolor
estaba por dentro: una fiera enjaulada. La angustia debe de haberle des-
garrado el alma a esa mujer, pero no le quitó fuerzas para arreglar el
cuerpo de su hijo antes de enterrarlo.

Si hubieran visto con cuánto amor lo desnudó y lo acostó. Con
cuánta ternura estuvo limpia y limpia las manchas de sangre, ya negra
y dura como piedra, hasta que no quedó una sola. No pudo, en cambio,
cerrar la boca de la herida inmensa, horrible, pero estuvo mirándola un

buen rato, como si quisiera encontrar una explicación, allí, en el fondo del cuerpo desangrado. Pero ¿quién puede explicar la muerte de un muchacho de dieciséis años? Sólo el asesino, sólo el que disparó, sólo el que sigue vivo, guardando entre sus ropas su arma y su secreto.

Queríamos ayudarla pero ella nos suplicó que no tocáramos a su hijo. Solita, como pudo, lo envolvió en el sudario de la cabeza a los pies. La vi sonreír algunas veces: pienso que imaginaba cobijar a Federico recién nacido. Mientras estuvo ocupada siguió tranquila pero se puso a gritar cuando Ramón y Eligio entraron en la pieza para meter el cadáver en la caja. Eran gritos como de parturienta, pero muy tristes. Después de todo a aquella madre le estaban arrancando a su hijo para entregarlo no a la vida sino a la muerte. ¿Que no oyeron los gritos? Yo todavía los traigo en la cabeza.

III

Vivimos por allá por donde hay bastantes árboles: son cedros primorosos que nos alegran la vida y a ratos nos hacen olvidar nuestra miseria... Pero la tarde en que fuimos a enterrar a Federico su sombra no disimuló la tristeza que teníamos. Sólo estaban allí, de pie, sintiendo venir la primavera.

A las cuatro hacía bastante sol. Todos salimos a la puerta de nuestras casas, listos para ir al panteón. Nos mirábamos sin decir nada, pero en el fondo todos nos preguntábamos lo mismo: ¿Por qué tenían que asesinar a Federico? ¿Quién era su enemigo? ¿A quién le estorbó la vida de ese muchacho de dieciséis años?

Pasaditas las cuatro llegó la carroza y enseguida los dos camiones de redilas. Eran los mismos en que en otras veces nos habíamos ido de día de campo, a alguna boda, a nuestras peregrinaciones. Ahora iban a llevarnos al panteón que está muy lejos.

Yo hubiera querido que el camino fuera más largo, que la distancia entre nuestra colonia y el camposanto creciera con tal de que no se llegara el momento en que enterráramos a Federico. Su madre debe de haber pensado lo mismo pero no dijo nada. Todos íbamos callados, no se escuchaba más que el rumor de los motores y el canto de los pájaros, que no entienden lo triste que es la muerte.

IV

Cuando llegamos al panteón la fosa estaba abierta. Era la última en una fila de tumbas. Muchas se veían abandonadas, llenas de abrojos, con las cruces chuecas o rotas. Junto a otras florecían aretes, maravillas, rocío, lágrima de niño. Revisé algunas lápidas para ver si allí estaba descansando un cuerpo al que hubieran sepultado recientemente. No lo encontré. Me dio tristeza pensar que Federico se iba a ir solito por un camino tan largo.

Muy despacio bajaron la caja. Supimos que había llegado al fondo cuando oímos un golpe seco, tan horrible como el estallido de la bala que mató a Federico. Uno por uno arrojamos puñitos de tierra que al caer sobre el féretro eran como latidos: tac, tac, tac. Al fin no se oyó nada. La fosa estaba llena: tres metros de tierra nos separaban para siempre de aquel muchacho.

El color del amor

I

*O*felia oprime el botón de la caja registradora. Su campanilla señala el comienzo de un nuevo día de trabajo. Como siempre, empieza por desenvolver los rollos de monedas. Después cuenta los billetes
y los agrupa por denominaciones. Mientras realiza una tarea repetida
durante años escucha el saludo de las meseras que van llegando. No
necesita volverse para saber cómo están vestidas y podría describir de
memoria los rostros congestionados por la tensión que les produce el
eterno retraso.

Con una franela roja Ofelia limpia la registradora y el banco alto donde permanecerá hasta las nueve de la noche. Allí, aislada por
tres mamparas amarillas, escuchará los pedidos, las discretas peleas de
las meseras, las repetidas conversaciones de los parroquianos que siempre son los mismos y desde hace varias semanas sólo hablan del terre-
moto. Todo es tan regular y exacto que Ofelia tiene la impresión de que
el tiempo no pasa por allí, de que ninguna de las personas que entra
en el restaurante está viva. Ha acabado por dudar que bajo su piel flu-
ya la sangre.

Fatigada por la idea de que todo será idéntico a los días anteriores, piensa que hoy, a lo sumo, habrá un cambio: los clientes le co-
mentarán que acaba de salir un billete de veinte mil pesos. Hicieron lo
mismo cuando apareció el de diez mil. Como entonces, ella responderá:
"No hace mucho tiempo, eso era una fortuna; ahora, no alcanza para nada...". Antes de lo que imagina está pronunciando la frase para despedir al primer cliente. No hay duda: éste será un día como todos.

II

Pasadas las cuatro de la tarde llegan los escasos clientes nuevos. A partir de esa hora la campanilla de la puerta se escucha muy ais-

lada. La actividad disminuye y Ofelia se concentra en el tejido. Su labor le permite aislarse en una especie de somnolencia, hasta donde llega como un eco lejano una conversación:

–¿Te dieron el boleto? —pregunta un hombre.

–Sí, por eso me tardé. Preferí recogerlo de una vez para estar segura —responde una mujer. Al silencio momentáneo siguen risas discretas.

–Déjame verlo.

–¿Para qué?

–¿Seguro es para mañana? —insiste él con premura.

–Oye, sé leer. Mira, aquí dice octubre 14. ¿O no?

–Entonces sí podemos hacer el viaje juntos —la voz del hombre expresa una infinita satisfacción.

–Tengo miedo...

–¿De qué?

–De que alguien pueda vernos en el aeropuerto, ¿por qué no cambias tu boleto y te vas el viernes?

–Porque entonces perdería una noche de estar contigo y no quiero —dice él con absoluta franqueza—. ¿A ver, por qué estás tan asustada?

–Es que nunca he hecho una cosa así. ¿Te imaginas si Alfonso se entera?

–En Monterrey no nos conoce nadie. Allá no saben quiénes somos, si estamos casados... Ahora, si alguien llega a contarle a Alfonso que salimos juntos de aquí, le dices que tú no compraste tu boleto: la compañía te lo dio, igual que a mí. Somos compañeros de trabajo, no tiene nada de raro que hayamos salido en el mismo vuelo. Es lógico, ¿no?

–Sí... Bueno, trato de convencerme, pero...

–Mira, ya no digas nada. Cállate...

–No seas bárbaro. No me beses. Pueden vernos.

–Tienes razón, pero es que me emociona mucho que vayamos a pasar tres días juntos. Imagínate, sin prisa, sin escondernos de nadie, sin tener que separarnos a cada rato...

–¿Y si te aburro?

–¿Tú, aburrirme? Estás loca. Sabes perfectamente cuánto te pedido que nos fuéramos a alguna parte, siquiera para hacerme las ilusiones de que... Oye, ¿te das cuenta de que vamos a pasar tres noches juntos?

–Cállate. ¿Qué va a decir la gente si nos oye? —la voz de la mujer está llena de emoción y coquetería. Ofelia se siente contagiada por ese tono, por el ritmo de un amor del que no sabe nada.

–¿Quién va a oírnos? ¿A quién le importan nuestras cosas? —pregunta él, acariciándole la mano.

III

Ofelia desearía intervenir, decirles que a ella le importa, que les agradece su sinceridad, su pasión, pero sobre todo que la hayan liberado de su rutina. Los oye pedir la cuenta, preguntar: "¿Le pagamos a usted o en la caja?". Ella sabe que llegarán hasta allí, estarán frente a ella —cómplice ignorada—, los verá libremente. Ofelia se pregunta cómo serán los enamorados. "De seguro él es más alto, más moreno. Ha de tener el pelo medio larguito con una que otra cana. ¿Y ella? Ha de ser preciosa, por la manera en que él la quiere..."

Ofelia escucha el ruido de las sillas, el golpe de una moneda al caer, pasos que se detienen.

–¿No se te olvida nada?

–No, sólo darte un beso —responde ella, y ambos van hacia la a caja.

Ofelia abandona el tejido, levanta la cabeza, los aguarda como si fueran seres largamente esperados. Apenas logra controlar su sorpresa cuando ve la pareja: él es un hombre mayor, tiene el cabello casi completamente blanco y lleva un traje gris algo anticuado. Ella no es hermosa ni muy joven, pero va vestida de rojo.

Ofelia los ve alejarse, muy cerca uno del otro. Van tocándose disimuladamente las manos. Mira el reloj: son las seis de la tarde y el restaurante está completamente vacío. Mientras llega la hora de salida, Ofelia vuelve al tejido. Experimenta sentimientos tan difíciles de identificar como el repentino deseo de comprarse un vestido rojo.

La escena de la traición

I

*L*a comida sigue intacta en el plato. Como en los días anteriores Ismael no la probó siquiera. Tan concentrado está en sus pensamientos que no escucha a su madre cuando le dice:

–Si sigues así te vas a enfermar. No aguantarás toda la representación. ¿Me estás oyendo? —Ismael se levanta de golpe. Cae la silla. El estruendo lo irrita y responde a su madre con impaciencia:

–Sí, sí, te estaba oyendo. Pero ¿qué quieres?, ¿qué pasa?

–Ay hijo, ¿ves cómo estás?

–¿Qué tengo?

–Pues que no comes, no duermes y de nada y nada te enojas. Ahorita, por ejemplo, te molestaste nomás porque te dije que me preocupa ver que no comes. ¿Qué te pasa? ¿Te parece muy difícil hacer el papel de Cristo?

Ismael se mesa el cabello que se dejó crecer desde que lo eligieron para representar a Jesucristo en la escenificación del viernes santo. Se frota la cara. Vuelve a sentarse. Toma dos bocados y retira el plato.

–Mejor me lo guardas para la noche. Pero no me esperes despierta. Tardaré bastante. Hay ensayo general —se acerca a su madre y la besa en la frente. Sale a la calle. La mujer escucha ladrar a los perros. También oye la voz de Ismael cuando los maldice.

II

Los niños rodean al policía que les impide entrar al auditorio. Protestando, estiran el cuello para ver lo que ocurre dentro. Cuando se acerca Ismael se apartan en silencio, respetuosos. Alguien murmura: "Hazte, deja pasar a Dios".

Ismael sonríe complacido. Desde que fue escogido para encarnar el papel de Jesucristo los habitantes del pueblo lo tratan con deferencia: le ceden la banqueta, le guardan sitio en la iglesia, le sonríen. Hasta el momento lo han hecho sentirse querido, bueno. Consciente de su responsabilidad, Ismael ha moderado su comportamiento: no bebe, evita discusiones y pleitos, va a la iglesia cada domingo, pero no a rezar sino a ver a Lucila.

De tez bronceada y cabellos cobrizos, la muchacha lo enloquece y despierta en él apetitos tan violentos que ha preferido alejarse de ella durante las semanas de ensayo. De otro modo no podría concentrarse en su papel ni cumplir la promesa de ser templado y casto. Ansía que llegue el sábado de gloria porque entonces volverá a ser libre para soñar, para sentir como hombre.

III

En el auditorio se escuchan golpes de martillo. Tres hombres suben una mesa al estrado. Otros colocan los telones de fondo que ambientarán la Última Cena, cuadro que se ensayará esta noche. Las mujeres se reparten túnicas, trozos de encaje y terciopelo morado. Al centro está Lucila. Lleva el pelo suelto y los labios pintados. Será una hermosa María Magdalena.

–¿Te avisaron que hay ensayo general? —dice Claudio, el mejor amigo de Ismael, que tiene a su cargo representar a Judas—: ¿Crees que acabemos muy noche?

–¿Por qué? ¿Tienes algún bisne o algo? —pregunta Ismael.

–Bisne, bisne, no... Bueno, sí. Estos días he platicado mucho con Lucila y quedamos en que hoy en la noche, después del ensayo, la iré a dejar a su casa. Quiero llegarle. ¿Crees que haya chance? Yo siento que sí. Me da jalón. Pero a ver, ¿tú que dices?

–Pregúntaselo a ella, mano —dice Ismael, que da media vuelta. Don Cosme, el director de escena, termina de revisar los cascos de los soldados. Toca su silbato y grita—: Los señores apóstoles, a sus lugares. ¿Dónde está Jesucristo? Ah, ya llegó... tarde, como siempre. Claudio, vamos a ensayar la Última Cena. ¿Te acuerdas de lo que tienes que hacer?

–Darle el besito de las buenas, noches —responde Claudio al tiempo que mira a Lucila. Ella, sonrojada, baja los ojos.

Don Cosme se muestra indignado ante las risas que provoca el comentario de Claudio. Apela a su autoridad. Impone silencio y comienza el ensayo. Claudio respira hondo, toma asiento junto a Ismael. Todo está listo para la traición.

IV

No hay vigilante en la puerta del auditorio, pero los niños no se atreven a penetrar en el gran salón donde impera el desorden. Todo el mundo cuchichea. Los trajes están abandonados.

–Buenas noches... perdón, se me hizo tarde otra vez —dice Ismael, que lucha para bajar el cierre automático de su chazarilla.

–Parece que no va a haber representación —le dice una de las Piadosas que lo seguirán hasta el pie de la cruz.

–¿Qué pasó?

Antes de que la mujer pueda decirle algo don Cosme impone silencio y dice: –Tenemos un problema: Claudio no va a poder participar.

El único que parece alarmado es Ismael, que se vuelve sorprendido y pregunta en todas direcciones: –¿Por qué? ¿Le sucedió algo?

–Anoche lo asaltaron y quedó malherido. De milagro no lo mataron... Fui a visitarlo. Casi ni puede hablar, dice que no sabe quién lo atacó. Es lo malo de que todo esté tan oscuro en esta colonia... Dice que nada más sintió que le daban un golpe en la cabeza.

Involuntariamente Ismael clava los ojos en Lucila. Se ve pálida, triste y por eso él la odia. Don Cosme continúa: –Ya lo vio el doctor y dice que no es de gravedad, pero que no podrá levantarse como en diez o quince días. El asunto es: ¿de dónde sacaremos un Judas a estas alturas?

El auditorio vuelve a llenarse de murmullos. Los grupos se cierran, hay intercambio de opiniones. Al fin se impone la voz de Ismael:

–Yo propongo que lo haga mi relevo. Él ha estado en todos los ensayos. Se sabe el papel completo, ¿o no? —pregunta Ismael a Rodrigo, el Simón Cireneo que lo ayudará a cargar la cruz.

–Estás loco. ¿A poco te vas a echar tú sólo la caminata? Son por lo menos tres horas y la cruz pesa más de cien kilos. Luego, con el calor, la túnica, la corona de espinas vas a estar amoladísimo...

–No le hace. La cosa es que hagamos la representación para que Dios nos vea, para que nos ayude y nos perdone —Ismael se persigna con la mano derecha, todavía muy adolorida. Emocionados, sus compañeros lo imitan y se disponen a iniciar los ensayos en el cuadro en que lo suspendieron ayer: la escena de la traición.

Enagua colorada

I

*A*yer enterramos a Cipriano: hoy apareció Mirtala contoneándose dentro de aquella enagua colorada tan llamativa que parecía hecha por el diablo. En otros barrios semejante visión no habría sido motivo de escándalo. Quizá hasta hubiera pasado como simple extravagancia el hecho de que una recién viuda saliera a la calle con semejante indumentaria. Pero entre nosotros fue distinto.

Igual que otros callejones, el nuestro tenía una sola entrada. Las casas eran de dos pisos, tan iguales que las de la hilera derecha parecían reflejar a las de la izquierda. Tal vez por eso nuestras vidas estaban tan relacionadas. Era como si Dios hubiera puesto un montoncito de hilos en medio de la calle para que entre todos tejiéramos una tela inmensa. Compartíamos las dificultades, los sobresaltos, la dicha de los nacimientos, el entusiasmo de las celebraciones y también el dolor de la muerte. Un difunto era de todos: lo acompañábamos, le guardábamos luto, le decíamos su novenario. Nos apenábamos de corazón, y más si quien se iba era un hombre como don Cipriano.

II

Conocedor de muchos oficios, Cipriano era carpintero. Las mujeres iban constantemente a su taller para pedirle presupuestos o bien nada más a preguntarle cómo reparar una instalación eléctrica, un tubo roto, una puerta rechinadora. Supongo que las consultas eran sólo pretextos para estar cerca de un hombre tan atractivo y varonil como Cipriano.

Junto a él su esposa Mirtala parecía aun más frágil y delicada. Al caminar no golpeaba el suelo: iba o venía entre la mesa de trabajo, los tablones y los alteros de aserrín como si se escurriera. Por todo lo animado y conversador que era Cipriano, Mirtala era silenciosa. Eso no significa que haya sido atufada o déspota: simplemente no le gustaba hablar. En cualquier parte donde la encontrábamos nos saludaba amablemente, nos sonreía, pero jamás participó en conversaciones callejeras.

En nuestras reuniones y fiestas, Cipriano y Mirtala siempre ocupaban un lugar especial. Era bonito tenerlos allí: a él, con su bigote bien recortado y el traje negro, lustroso pero impecable. Mirtala se veía exquisita: la adornaban mucho los mechones de pelo rizado cayéndole sobre la espalda hasta casi tocarle la cintura finísima.

Cuando terminaba la fiesta hacíamos una pausa para despedirnos de mano de aquella pareja que era el símbolo de la perfección. Nosotras los mirábamos alejarse sintiendo quizá un poquito de envidia hacia Mirtala. Estábamos muy lejos de imaginar lo que sucedía tras las gruesas cortinas de manta con que estaban cubiertas las ventanas de la casa habitada por aquel matrimonio.

III

Cipriano murió repentinamente. No hubo enfermedad ni decaimiento, así que no tuvimos tiempo para acostumbrarnos a la idea de que iba a morir. Una noche, muy tarde, Mirtala apareció gritando en la ventana. Todos corrimos a auxiliarla. Fue inútil: Cipriano estaba muerto y amortajado. A nuestro dolor se sumó un sentimiento de admiración: parecía increíble que aquella mujer tan frágil, de carácter tan débil, hubiera podido enfrentar sola una labor tan terrible.

Desde que comenzó el velorio hasta que enterramos a Cipriano, Mirtala pareció atónita. No se quejó, no derramó una lágrima. Únicamente nos miraba con sus ojos inmensos y, con una sonrisa extraña, nos oía ponderar las cualidades del muerto. A veces la notábamos ansiosa por decir algo, pero enseguida recaía en el silencio. Pensamos que sin su compañero ella también iba a morir.

Al regresar del cementerio nos ofrecimos a acompañarla en su primera noche de soledad, pero rechazó nuestro ofrecimiento. "De seguro desea quedarse a solas con sus recuerdos", dijimos. Y esa noche el callejón se sumió en el más respetuoso silencio.

IV

Al día siguiente vimos a Mirtala vestida con aquella enagua colorada, demasiado amplia y larga para sus proporciones. Pensamos que en la noche de soledad se había vuelto loca. Ella no pareció darse cuenta de nuestra inquietud: fue y vino por la calle, sonriendo y contoneándose, como si fuera una persona distinta de la que habíamos conocido por años. Frente a ella guardamos silencio, pero después nos recriminamos unos a otros por haberla dejado sola: "Seguro se trastornó". "A lo mejor tuvo miedo de verse sola donde había estado el muerto... pobrecita..."

Al anochecer fuimos a la casa de Mirtala para empezar la novena. La puerta sólo estaba entornada y pasamos. La casa aún olía a cera y a flores. De puntitas para no romper su quietud subimos al segundo piso. Conforme ascendíamos escuchábamos con más claridad la voz de Mirtala salpicada de risitas. Entramos en su habitación. Ella estaba sola, rodeada por un montón de vestidos, todos de colores chillantes. Al vernos no se inmutó, pero su risa se intensificó hasta convertirse en algo terrible. Luego bajó la cabeza y alisó con gran delicadeza los pliegues de su falda:

—Cipriano se fue. No me dejó nada más que tristeza, malas noches y este montón de ropa...

Mirtala se levantó de golpe. Los rasgos de su cara se habían modificado enteramente. Nos dijo: —Para usarla tendré que componerla: él era mucho más alto que yo. Lichita, ¿crees que puedas arreglármela? Quiero que me quede tan bien como le sentaba él, cuando se la ponía en las noches...

Lichita, que era nuestra modista, no respondió. Ninguno de nosotros dijo una sola palabra, pero lentamente fuimos saliendo del cuarto. Dejamos sola a Mirtala. Cuando pienso en ella, en la confesión que nos hizo aquella noche, la veo como una niña perdida en un campo de flores marchitas.

OFICIO DE MUJER

I

—Pos como no queriendo se nos hizo tardecito —Rolando aprovecha la luz de un farol para ver su reloj.

—Sí, hombre, qué pena: mi visita estuvo medio larga. A lo mejor le caí gordo a tu esposa.

—No, a ella le encantan las visitas porque así puede lucirse...

—Tere cocina muy bien —afirma Alejandro, que aún tiene el sabor picante en los labios.

—Pero muy pesado —contesta Rolando, masajeándose el vientre.

—Ahorita lo que se me hace pesado es irme hasta el hotel —Alejandro escupe el palillo.

—Te vas porque quieres. Mejor quédate a dormir.

—No, ya sería mucho abuso. Además, voy a ver si le escribo a Susana. ¿Crees que pueda traérmela en un mes?

—¿Ya te anda por verla, no?

Alejandro no contesta. Echa el brazo sobre los hombros de su hermano. Unidos avanzan por la calle. La mayoría de las antiguas bodegas permanecen clausuradas. Junto a las pocas donde aún vive gente se han instalado las vendedoras de fritangas y chucherías.

—Qué gentío —dice Alejandro.

—N'hombre, esto no es nada: antes del cambio a la Central de Abastos, La Merced parecía hormiguero. Desde las cuatro, cinco de la mañana hasta la mera noche... —Rolando se da cuenta de que su hermano ya no lo sigue. Lo descubre observando a una mujer que, de pie en un balcón, se trenza el pelo—: ¿Te gusta la vieja? Va por el milagro...

—¿En serio?

Rolando advierte el interés de su hermano y le responde con un ofrecimiento:

—Si no trais, te presto una feria. ¿No? Bueno, pos ahí te dejo. Ven mañana, para que echemos otra platicada...

Alejandro se siente cohibido. Por unos momentos duda si entrar o no en la vecindad, pero el temor de encontrarse solo en su cuarto de hotel —paredes verdes, un buró de lámina beige, sábanas húmedas— lo hace decidirse. Sin reflexionar sube por la escalera interior de un viejo edificio. Lo estremece el olor a orines.

II

La puerta de la vivienda está sólo entornada. Su interior se halla pobremente iluminado por un foco desnudo. Allí lo único que no parece miserable es la cabellera de la mujer que, sin preguntar, quita el atado de ropa que está sobre la única silla. Alejandro entiende que debe sentarse.

–Buenas noches —dice con naturalidad fingida. Extrae los Alas de su chamarra y muestra la cajetilla a la mujer, que mueve la cabeza rechazando la invitación. Él enciende un cigarro.

–No tengo otro cenicero —dice ella, y le acerca un platito de loza. Sus movimientos suaves contrastan con la tensión que se adivina en su rostro indígena.

–Mi hermano me dijo que...

–Mil pesos. ¿Se queda? —pregunta ella con urgencia.

La inquietud de su mirada se borra cuando él se quita la chamarra. La mujer va hacia la cortina que divide en dos el cuarto, la aparta y murmura: –Que se salgan tantito...

Alejandro ve a un niño con camisa y pantalones muy sucios. No lleva zapatos. Al pasar junto a él lo observa de frente. Lo sigue un hombre alto, muy delgado. El sombrero de palma oculta su rostro. Lleva un bulto entre los brazos y sus zapatos rechinan. En cuanto quedan solos, la mujer se desabrocha rápidamente el vestido. Actúa con rapidez. Alejandro va a preguntarle algo pero lo aturde ver aquella piel morena. Codicia su suavidad. Sin preámbulos, se hunde en su tibieza.

III

Alejandro fuma. No siente liberación ni descanso. El cuerpo que yace junto al suyo lo oprime por su inmovilidad. Mira el cordón del foco ennegrecido por las moscas. Le gustaría apagarlo y dormir. Se oye el llanto de una criatura. La mujer se incorpora y empieza a vestirse mientras le explica:

–Es la chillona de m'hija...

–¿Dónde la tienes?

–Afuera. Se la llevó su padre cuando salió. ¿No la vio usted? —pregunta ella con naturalidad mientras sigue vistiéndose. Alejandro se resiste a comprender y pregunta de nuevo:

–¿El hombre y el niño...?

–Son mi señor y mi hijo —en la voz no hay la mínima perturbación.

–¿Y saben... que yo...?

Ella no contesta. Toma los pantalones y la camisa de Alejandro y se los entrega. Él se incorpora y los recibe, ofendido. Luego la mira largamente, con una mezcla de enojo y desprecio que ella comprende.

–Llegamos aquí hace cuatro meses. Un compadre de Nico le escribió que en La Merced había mucho trabajo, que aunque fuera un puestecito podríamos tender en la calle. Pero nada... Ya se nos acabó el dinero, no tenemos ni para volver al pueblo. Yo no sé trabajar, nunca he sido nada más que mujer...

Alejandro se siente miserable ante la explicación. Lo avergüenza la proximidad de quien fue su compañera de lecho y de pronto se ha convertido en su víctima. No se le ocurre más que preguntar:

–¿No viste mi chamarra? —la mujer no responde, no parpadea, no se mueve hasta que lo ve colocar un billete sobre la cama.

–La dejó usted en la silla —y corre a dársela. Sus pies descalzos, de plantas curtidas, golpean el suelo de un modo siniestro. El sonido se prolonga mientras ella va hacia la puerta para abrirla. Con gran cortesía se aparta para dejar el paso libre a quien mira como a un benefactor.

Alejandro baja las escaleras de prisa, contento de no tropezar con nadie. Abre la puerta del zaguán. Menos que el aire helado lo lastima descubrir primero al niño y después al hombre que acuclillado mece a la recién nacida. Pretende ignorarlos, pero los ve unos segundos, tiempo suficiente para darse cuenta de que los dos tienen el rostro bañado en lágrimas.

Noche de paz

I

—Y no se le olvide apagar la luz del jardín cuando se vaya. ¿Me oyó doña Elena?

La conserje del asilo permanece junto a la puerta esperando una respuesta que no llega pese a que doña Elena escuchó perfectamente su recomendación. Le choca un poco que se la haya repetido. En los seis años que lleva de vivir allí la anciana aprendió las reglas a la perfección. Una de ellas establece que la última asilada que salga en los días de las fiestas decembrinas debe apagar las luces del jardín.

Piensa que tal vez doña Elena ya no saldrá, que se ha quedado dormida, y murmurando frases de disgusto vuelve hacia el recibidor y desconecta la luz. Sale, dando un portazo que sobresalta a doña Elena:

—Esa muchacha piensa que estoy sorda.

No lo está. De hecho con los años se le ha ido agudizando el oído. Daría su capacidad para escuchar a cambio de mejor vista. La inmensa mata de nochebuena en el centro del jardincito al que miran todos los cuartos de los asilados es para ella una mancha temblorosa, cada vez más tenue, que al fin, pasado diciembre, desaparece, como su familia.

II

Las puertas de las habitaciones están cerradas y así permanecerán casi todas hasta el 2 de enero, fecha en que las huéspedas volverán llevando en su maleta unas pantuflas nuevas, un chal de lana, golosinas, retratos de los nietos, la foto de la casa que el hijo próspero construyó en un nuevo fraccionamiento. A las horas de comida, en la sala de música, en los pasillos olorosos a desinfectante repetirán incansablemente el menú navideño. Hablarán mucho, sobre todo para justificar que sus familias las tengan confinadas allí.

Doña Elena avanza por el pasillo penumbroso. Deja atrás las voces que salen de su radio de transistores. Se lo regaló su hijo Alfonso la última navidad, "ya que te gusta tanto la música". ¿Cómo fue? Lo recuerda en fragmentos, igual que todos los hechos recientes. En cambio puede ver con una precisión absoluta las navidades de su infancia. "No se usaba que viniera Santa Clos, pero ese día siempre nos daban ropa a mí y a mi hermana: un vestido, un suéter, un abrigo..."

Ese recuerdo se liga con los hechos de hace un año y siente agitación cuando revive en su memoria el intercambio de palabras que Alfonso y su mujer tuvieron en la cocina, donde pensaron que no los escucharía: "Ay mi amor, a ver cómo le haces para que tu mamá ya no siga hablando de sus cosas... Todo el mundo se está muriendo de aburrimiento. Alfonsito ya hasta se quedó dormido... y eso que tenía ilusión de abrir sus regalos...". "No puedo callarla, es mi madre..."

"Vieja tonta", se dice doña Elena en voz alta. Su frase queda flotando en el pasillo, como un eco. Se reprocha no haberse dado cuenta de que sus nietos y los invitados a la cena apenas la escucharon y al fin terminaron burlándose de su historia: "Doña Elenita, ya no tome, ya se le subió el rompope. Está cuente y cuente y llore y llore...". Todos se rieron y ella tuvo que hacerlo también.

III

El reloj da las nueve. "Cada año vienen más tardecito." Doña Elena siente frío pero no se atreve a volver a su recámara en busca de la chalina que su nuera le regaló el año anterior. Se la entregó a medianoche, con una sonrisa falsa y cara triste. "Pelearon." Más tarde, cuando creyeron que estaba dormida, los oyó discutir otra vez: "Me siento mal de llevar a mi madre de vuelta al asilo...". "No es un asilo: es una casa de reposo." "Cómo se ve que no es tu madre..." "No, y por eso francamente no creo que sea mi obligación cargar con ella. Así que ni vuelvas con la cantinela de que ay, mi mamá debería quedarse a vivir con nosotros... Es buenísima y todo, pero yo no tengo tiempo de cuidar otra criatura... Sí, los viejos se vuelven como niños y yo ya tengo bastante trabajo con los cuatro monstruos..." "Si fuera tu madre no te pesaría..." "Ay, pues quién sabe... Te juro que doy gracias a Dios de que ella se haya muerto a tiempo. Una persona muy grande nada más sufre y mortifica a los demás. Te juro que a mí no se me antoja llegar a la edad de doña Elena: mal de sus piernas, con el estómago delicadísimo... Por cierto, a ver si no se enferma con el bacalao, acuérdate que el año pasado devolvió... Y creo que ya casi no ve. Qué horror..." "Cállate, te va a oír..."

Doña Elena escuchó el golpe de la puerta al cerrarse. Pasó la noche despierta en el sofácama, resistiendo la luz intermitente de los foquitos puestos en el árbol. Toda la noche se apagaron y encendieron al ritmo de su corazón que aún no cesa de latir.

IV

En el transcurso del año han ido cuatro veces a visitar a doña Elena. La última, su nieta Clara rechazó su abrazo: "¿Qué te pasa, corazón? Es abuelita. ¿No la recuerdas? Tenemos su foto en mi cuarto". Sí, tienen la fotografía que le tomaron hace años a las puertas de Catedral, cuando aún vivía Julián. "Alfonsito me preguntó graciosísimo: ¿y quién es ese señor grandote que está abrazando a la Nita? Le dije que era su abuelo. Ya no se acuerda de que lo conoció. Tenía casi tres años cuando murió don Julián. Ay, si viera con cuánto cariño lo recordamos siempre Alfonso y yo."

Doña Elena no se atrevió a decirle a su nuera lo que pensaba: "Seguramente lo recuerdan con agradecimiento porque se murió a tiempo, o sea antes de que les estorbara y tuvieran que arrumbarlo como a mí en un asilo". Doña Elena llega hasta la sala de visitas. El retrato del fundador está adornado con una guía de foquitos de colores que ella apenas puede ver. Cierra los ojos y recuerda a Julián: "Yo también estoy contenta de que te hayas muerto porque así, al menos, no tendrás que soportar la nochebuena y oír cómo desean tu muerte...".

Escucha dos timbrazos largos y uno corto. Así se anuncia Alfonso. No se levanta. Espera. Tal como lo imaginó oye el motor del automóvil que se aleja y tres minutos después el timbre del teléfono. No tiene fuerzas para ir a contestar. Se va quedando lánguida, quieta. Sonó su última hora: el comienzo de su noche de paz.

I

–Mira nomás qué carrerota viene pegando tu muchacha...

–Le he dicho mil veces que no me corra así, que ya está grande... —afirma Leonor, saliendo al encuentro de la niña—. Mira cómo vienes, criatura, ¿pos qué trais?

–Es que... vine a avisarte que mi papá llegó a la casa... Híjole, no puedo ni hablar —Marta se interrumpe, toma aire, jadea.

–¿Llegó a la casa y qué? —pregunta Leonor asustada.

–...con unos señores y les va a entregar la tele.

–¿Para qué? No está descompuesta —dice, volviéndose a Herlinda, su cuñada y confidente, con quien ha estado conversando acerca de la situación económica, cada vez peor.

–Pues creo que se las vendió o algo así...

Apenas escucha la última palabra, Leonor corre a su casa. Herlinda le grita: "No dejes de venir a avisarme qué pasó. Voy a estar con pendiente". Marta va detrás de su madre, que se atropella contra quienes caminan en sentido opuesto.

–¿Por qué no viniste a buscarme antes, muchacha tonta?

–Es que no me di cuenta. Estaba viendo la novela y mi papá nomás me dijo: "Hazte a un lado" y se puso a enseñarles cómo se maneja la tele a esos señores...

–¿Y cómo sabes que se las estaba vendiendo?

–Pues porque vi que le entregaron creo que cinco mil pesos... y también le dijeron que luego le van a dar lo demás, pero no sé cuánto, no oí...

–Será poco. Uno siempre vende barato y compra caro. Si nos deshacemos de esa tele no vamos a tener nunca otra igual. Imagínate, en diciembre nos costó treinta y cinco mil pesos. Ahorita estará por los cielos —Leonor no se da cuenta de que su hija se rezagó y al hablar sola despierta las burlas de quienes pasan a su lado.

Es la misma casa que Leonor dejó hace apenas una hora y sin embargo parece completamente distinta: sus dos hijos mayores están de pie a mitad del cuarto mientras Clarita lloriquea de aburrimiento. Julio se halla sentado frente a la mesa, tan vacía y desolada como el mueble hasta hace unos minutos destinado al televisor.

–Que se llevaron la tele... —grita en cuanto cierra la puerta. Julio no contesta, Leonor sube la voz—: ¿Por qué la vendiste? Era mía. Tú me la regalaste en navidad.

–Oh, chinaco, ni modo que haya sido por gusto...

–Pero ¿por qué? ¿Por qué? Y ustedes, criaturas, sáquense de aquí, ¿qué fuerza es que estén todos encimados?

–¿No me estuviste gritoneando que necesitaban dinero para no sé cuántas cosas? —pregunta Julio con acento cruel.

–Sí sabes para qué cosas: comida. Comida para tus hijos.

–¿Para ti no? ¿A poco no comes nada? —Julio clava su mirada en el vientre abultado, las caderas amplias, en las sinuosidades que se dibujan bajo el suéter de Leonor.

–Ya sé que según tú estoy muy gorda, pero eso no me importa. Ahorita lo que quiero es saber ¿por qué vendiste la tele? Era mía.

–Yo la pagué... —Julio se levanta y saca de la bolsa cinco billetes. Toma uno. Lo ofrece a su esposa, que no parece dispuesta a recibirlo—. Órale, agárralo... agárralo te digo...

Ante la inmovilidad de Leonor, Julio tira el billete sobre la mesa. Aguarda unos segundos y al fin se dirige hacia la puerta.

–Sí, claro, te largas para que yo me quede aquí con todo el cuete... Qué fácil...

–¿A qué me quedo? A pelear, a que me eches de frijoles y sólo por darte el dinero que no dejas de pedirme todo el maldito día...

–Si no quieres pelear, no pelees. De acuerdo... pero vamos pensando cómo hacerle para que nos devuelvan la tele. ¿En cuánto la vendiste?

–En veinticinco... es blanco y negro —dice Julio cabizbajo—. Ahorita me dieron cinco y el resto en tres pagos...

–Ay no, qué horror... Te robaron. A ver, dame el dinero, vamos a devolvérselos...

–¿Y con qué amanecemos, con qué vamos a tragar? Ándale, dímelo —grita Julio asediando a Leonor hasta que la pone contra la pared. Clarita empieza a gemir. Uno de sus hermanos la toma en brazos y sin apartar los ojos de sus padres murmura: "Cállate, manita, cállate...".

–Ahora hasta quieres pegarme, ¿no? Yo no fui la que hizo el mal negocio, sino tú, tú, tú... —Leonor trata de protegerse contra los golpes que lastiman su rostro, sus hombros. Marta grita y se aferra al brazo de su padre, que acaba rechazándola de un empellón.

–Caray, a todos ustedes lo único que les importa es la maldita televisión... pero a que no se ponen a pensar que la vendí para que traguen, ¿oyeron? Porque para eso, para tragar, es para lo único que ustedes sirven. Todos son como animales, como puercos...

III

Caen las primeras gotas en el tinaco. El rumor del agua rompe el silencio que se apoderó de Leonor y de sus hijos luego que Julio salió de la casa.

–Por lo menos volvió el agua —dice la madre, guardándose el pañuelo en la manga del suéter.

–Y mi papá, ¿crees que vuelva? —pregunta Marta. Leonor tiene el valor de mentir:

–Claro que sí... y más cuando vea que nosotros también servimos para algo y no nomás para tragar, como él dice... A ver, Ubaldo, fíjate si hay carbón en la cocina. ¿Cuántas docenas de tortillas compraste, Marta?

–Nomás tres —dice la niña, sin comprender la intención de su madre que se levanta y comienza a hablar sola:

–Hay frijoles, salsa, un poquito de queso... Está bueno para hoy. A ver mañana...

–¿Ya vamos a cenar? —pregunta Javier tímidamente.

–Después corazón, después... más tardecito —Leonor se vuelve hacia sus hijos mayores—: ¿Saben lo que haremos? Vamos a vender sopes en la puerta de la casa. Ya ven que con eso a Mica le ha ido muy bien. ¿Por qué me miran así? Sépanse que no soy ni la primera ni la última mujer que hace la lucha...

–¿Pero sopes de qué, mamá? —pregunta Marta, contemplando la olla de barro.

–De frijolitos con salsa.

–Era lo que íbamos a cenar —replica Javier.

–Te prometo que te guardo un taco, mi amor, pero antes necesito vender unos poquitos...

–...y el carbón está mojado —dice Marta para desalentar a su madre.

–Mejor, porque así, con el humito, los clientes no van a verme la cara —responde Leonor, palpando su rostro hinchado.

El milagro de plata

*R*egresan a San Juan. En la cabina de la camioneta, por vez primera desde hace dos años, Salustio y Herlinda se encuentran solos, sin testigos a quienes explicar sus palabras o sus acciones. Cuando se recuesta en el hombro de su esposo, Herlinda se da cuenta de que también es la primera ocasión desde que Angelina llegó a vivir con ellos en que realmente se aproxima a Salustio sin temor a que la rechace.

–Descansa —dice él cuando la siente cerca.

–¿No te estorbo para manejar?

–No, para nada. Acércate más, está haciendo frío.

–¿Crees que llueva esta noche? —Salustio no necesita que su esposa le diga que piensa en Angelina muerta, sepultada, sola en tierra extraña. Sabe que recuerda a la muchacha cuando la siente estremecerse por el llanto, pero él no trata de acallarlo, sólo espera que ella hable:
–No puedo soportarlo, ¿qué quieres? Entre más esfuerzos hago por resignarme, más me desespero: ¡qué muerte tan horrible!

A Salustio le gustaría pronunciar algunas de esas frases de consuelo que se dicen inútilmente; pero no dice nada. Con el silencio defiende su secreto: por eso amó a Angelina sin confesarlo. Y ahora, a medida que se aleja del sitio donde ella está sepultada, es más fuerte su necesidad de imaginarla como la vio antes de salir de San Juan, como la despidió en la terminal, donde discretamente, ella puso en su mano un corazón de plata. Sus esfuerzos por recordarla, por entender si aquel último gesto secreto era una despedida o una promesa, son inútiles. Ni siquiera logra precisar si Angelina llevaba el cabello suelto o si le musitó algo antes de subirse al autobús. La imposibilidad de recordarla plenamente lo angustia. Sin poder contenerse, da un golpe al volante. El claxon suena como un estallido. Él mismo está a punto de gritar cuando escucha la voz de su esposa que, recién salida de un sueño ligero, le pregunta: –¿Pasa algo?

–No, nada —culpable, Salustio se vuelve doblemente solícito—:

Oye, ya que te despertaste, ¿por qué no aprovechamos para que comas algo?

–No tengo hambre. Mejor seguimos. Digo, a no ser que tú te sientas cansado y quieras que nos quedemos a dormir en alguna parte.

–Yo estoy bien. ¿Y tú? —Salustio disminuye la velocidad. Herlinda reflexiona un minuto. Sabe que es inútil demorar el regreso a casa. Allí no podrá huir de los recuerdos, lo mismo que no ha logrado escapar del sentimiento de culpa que la envenena—: Bueno, pues si te sientes con ánimos de seguir, vámonos derecho a la casa: está sola.

Esa palabra, "sola", le recuerda a Angelina: la ve —destrozada, monstruosa, oscura de heridas y sangre— dentro de la caja gris que debe asfixiarla tanto como a Herlinda la camioneta, que ahora le resulta demasiado estrecha. Violentamente alarga la mano, abre la ventana y deja que el viento helado la refresque.

El silencio se agrieta con el rumor de las cigarras, las estrellas arden en la oscuridad. Salustio y Herlinda están solos en la carretera: ella hace esfuerzos por hablar; él finge interesarse en las palabras de su esposa, pero en el fondo sigue su conversación sólo porque eso le permite referirse en voz alta a Angelina, decir su nombre sin despertar sospechas:

–No fue tu culpa que haya sucedido el accidente: tú no ibas manejando el camión. Entiéndelo, no seas terca...

–Sí, sí es mi culpa. Salustio, Angelina no quería ir a la peregrinación. Yo la obligué, la convencí de que pagara la manda que hicimos cuando estuvo enferma... —al sentimiento de culpa se suma otro distinto, amargo, cuando la mujer recuerda las noches en que Salustio estuvo inquieto, pendiente de la muchacha agitada por el dolor y la fiebre. "Lo que jamás hizo por mí vino a hacerlo por ella."

–No la obligaste. Ya no era una niña: tenía diecinueve años...

Herlinda percibe la ternura que hay en la voz de Salustio y ríe cuando se da cuenta de lo que está pasando: "Si ahorita le pregunto cuántos años tengo, de seguro no lo sabrá, pero qué tal recuerda la edad de mi ahijada".

–¿De qué te ríes? —pregunta el hombre.

–De la vida, de las cosas que suceden. Cuando Angelina llegó a vivir con nosotros pensé que todo iba a ser distinto... Nada resultó como lo imaginé.

–No, nada... Será difícil estar en la casa sin ella —el tono de Salustio expresa un gran dolor. Herlinda desearía ser solidaria, alargar la mano y decirle: "Te comprendo, sé lo que sientes", pero se lo impiden los celos que aun muerta, le provoca Angelina.

–Mejor vámonos. ¿Qué nos ganamos con estar hablando? Además es peligroso quedarnos aquí solos —la voz de Herlinda suena endurecida. Esto sorprende a Salustio que, sin decir nada, enciende el motor de la camioneta y enfila hacia la carretera de San Juan.

Desde que se detuvieron a conversar Herlinda no ha vuelto a aproximarse a Salustio. Va absorta en sus recuerdos. Poco a poco reviven en ella la ternura y el cariño que en un principio sintió por Angelina, pero luego experimenta la angustia y los celos que se le despertaron al ver la forma en que Salustio miraba a la muchacha. En los dos años que su ahijada vivió con ellos, Herlinda no protestó: soportó en silencio su desplazamiento.

Herlinda lucha para no mentirse. Recapitula: el día en que Angelina cayó enferma hizo una promesa que sólo ella conoce: "Santísimo Señor de Chalma: no le deseo ningún mal a esta muchacha, pero llévatela lejos de mi casa. Ya sé que tus fieles te piden muchas mercedes y, para que no te olvides de mi súplica, en cuanto Angelina se alivie voy a llevarte un milagro a tu santuario: un corazón de plata."

Pasaron las semanas. Angelina se recuperó. Enflaquecida y débil necesitaba más que nunca la protección que con tanto afán siguió brindándole Salustio. "Cuando empezaron los preparativos de la peregrinación tuve miedo de irme y dejar sola a Angelina con mi marido. Por eso le mentí, le aseguré a mi ahijada que en su delirio ella le había prometido al Señor de Chalma llevarle un milagro de plata a su santuario... Dónde me iba a imaginar que pasaría un accidente..." La mujer se remueve ansiosa: "Yo cumplí, le mandé al Señor de Chalma el milagrito. Entonces ¿por qué pasó esto? Yo la quería lejos pero no enterrada...". Sin darse cuenta Herlinda se estremece.

–¿Qué te pasa? ¿Tienes frío?

–En las manos, un poquito... —Herlinda se aproxima a Salustio y mete las manos en la bolsa de su chamarra. Allí siente helado, cortante, el corazón de plata. Entonces lo comprende todo y se da cuenta de que "los santitos nunca se equivocan".

LOS PIES DE LA NIÑA

I

*L*a ilusión, la alegría, incluso el cansancio se desvanecen cuando Taide ve a su hija sentada en la puerta de la casa. Acelera el paso. Formula mentalmente reconvenciones sintetizadas en el grito que lanza cuando se halla a corta distancia de Irene:

–¿Qué pasó? ¿No te dije que por ningún motivo te fueras a salir de la casa? —Taide está frente a la niña que se ha puesto de pie y no responde. Sus miradas se cruzan. Eso basta para que ella adivine lo sucedido—: ¿Estás fuera porque vino Darío? ¿A qué hora llegó?

–Poquito después de que te fuiste —la voz de Irene tiembla. La de Taide se vuelve una especie de murmullo entre dientes—: ¿Y para qué le abriste?

–No pensé que fuera él. Creí que era alguna de las vecinas o el abonero.

Taide se muerde los labios y se frota las manos mientras saca conclusiones: –Si tocó es seña de que no trae su llave. Újule, seguro que volvieron a asaltarlo. ¿Viene borracho?

Otra vez la niña no contesta. Levanta los hombros y vuelve a sentarse en el quicio. Inclina la cabeza, mira los zapatos que, deshechos y lodosos, malcubren sus pies. Taide adivina los pensamientos de Irene: –No te apures, a ver cómo lo despacho. En cuanto se vaya, jalamos a Granaditas. ¿Ya pensaste de qué color vas a querer tus zapatos?

La niña se limita a levantar los hombros. Taide le suplica: –No hagas así, te ves fea. Ándale, date una peinadita y pásales un trapo mojado a las tarecuas. Una cosa es que estén viejas y otra que las traigas todas sucias.

II

Taide cierra la puerta de golpe. Va directamente a la mesa de la cocina. Finge ignorar la presencia de Darío, que al escuchar el portazo retira la toalla con que se cubre la cara.

–¿Ya llegaste? —su tono es grave, pastoso.

Taide agarra el delantal, se lo pone y empieza a trajinar junto a la estufa. Acodado en el lecho Darío le grita:

–Te estoy hablando, ¿no oyes? —se incorpora, se frota la cara y el cuello—: ¿No tienes por ahí un mejoral?

–No, no tengo —responde Taide, mientras vierte un paquete de lentejas en la olla de barro.

–Aquí nunca hay nada.

–No, aquí no, pero en la casa de Lorena sí. ¿Por qué no te largas para allá? —Taide intenta disimular su enojo, pero no lo consigue. Por eso, se arrepiente de haber hablado.

–¿Qué tanto me rezas?

–Nada, nada. Déjame...

–Y ese tonito, ¿a qué viene o qué?

–¿Cuál tonito?

–Ése, tan golpeado.

–Y qué querías, ¿que te recibiera cantando? Imagínate, hace dos meses que te largaste y... —se interrumpe al oír la carcajadas de Darío.

–Híjole, qué larga eres. Te haces la enojada para que así no pueda reclamarte.

Taide asienta la olla de un golpe. Brotan gotitas de agua. Rápido, encara a Darío:

–¿Reclamarme qué? A ver, ándale, dime qué tienes tú que reclamarme a mí.

–¿Cómo qué? Pues que vengo a la casa y encuentro a mi hija sola. ¿Qué tal si le pasa algo?

–Irene no es ninguna tonta. Sabe cuidarse porque yo la he enseñado.

–Sí, cómo no. Sabe cuidarse tan bien que al primero que le toca la puerta le abre. Así como yo entré pudo haber entrado cualquier otro: un vicioso, un asesino... Y por cierto ¿qué hace aquí? ¿Todavía no tiene clases?

–Újule, qué retrasado estás de noticias. Hace diez días que hicieron el peritaje definitivo de la escuela y desde entonces volvió a clases.

–Y entonces, ¿por qué está ahorita aquí?

–Porque no tenía zapatos y me dio pena mandarla con sus tarecuas —Taide está congestionada, en su irritación acorta la distancia que la separa de Darío, lo presiona hasta que lo obliga a retroceder—: ¿Y sabes por qué no tiene zapatos, porque el señor, o sea tú, no nos has traído un solo centavo desde hace dos meses...

–Y si no tengo trabajo, ¿de dónde quieres que saque el dinero? No es mi culpa que la fábrica se haya caído con el temblor.

–¿Y a poco es la única? ¿Por qué no buscas chamba en otra parte? Ya sé que la porquería esa se cayó, pero han pasado dos meses y tú no has hecho nada, ni siquiera venir a ver cómo estábamos.

–¿Sabes por qué no vine? Porque sabía que al verme sin dinero ibas a ponerme tu jetota y eso sí no lo soporto...

–Pero bien que soportaste saber que estábamos solas, muriéndonos de hambre —Taide se deja caer en una silla y se cubre la cara, incapaz de contener el llanto que su rabia le provoca. Yo no sé para qué te hice caso cuando me dijiste que dejara el restorán. A ver, dime, ¿qué tiene de malo ser mesera?

–Yo sé cómo son las cosas en esos lugares, en la calle. Y a propósito, ¿qué andabas haciendo? ¿Adónde fuiste?

–¿Adónde quieres que haya ido? ¿Al coctel, al cabaré, a una fiesta? No. Sábetelo bien: fui al Monte de Piedad a conseguir unos centavos para comprarle zapatos a la Irene.

–¿Y qué empeñaste?

–Lo único que me quedaba: tu herramienta.

–Ah, sí, ¿y con qué permiso?

–Con el de nadie, porque tampoco nadie me da nada...

–¿Y dónde están los centavos que te dieron? —al oír la pregunta, Taide se levanta y se lleva las manos al pecho—: Ah, no, ni creas que te los voy a dar. Primero me matas...

–La herramienta era mía ¿no? Entonces, el dinero también es mío. Órale, dámelo —el hombre se echa encima de Taide. Forcejea hasta que logra apoderarse del rollo de billetes que Taide ocultaba entre sus ropas. La mujer intenta recuperarlos pero él la aparta de un empellón y la tira al suelo. Desde allí Taide ve a Darío que presuroso toma su chamarra y se dispone a salir. En la puerta se cruza con Irene, que acude en auxilio de su madre. Afectuoso, le da un golpecito en el hombro y le dice en tono paternal:

—Y tú, hija, cuando te quedes sola a ver si no eres tan mensa. Si tocan, no abras nomás así. ¿Qué tal que se mete un ladrón?

Taide continúa en el suelo. Levanta la cabeza. Quiere gritar. El llanto se lo impide. Tras sus lágrimas sólo puede ver los pies de la niña.

El desalojo

I

sted llega directo a lo suyo. No les dé explicaciones. Enséñeles la orden nada más. No se ponga a discutir porque sale perdiendo. Sé lo que le digo, conozco a esas gentes: siempre se hacen las víctimas...

Clemente finge dormir. En silencio contempla a su mujer, que desde hace algunos minutos está frente al altarcito iluminado. La mira besar la estampa, golpearse el pecho, persignarse. Al fin la ve encaminarse hacia la cama, donde ha estado esperándola.

Con gran delicadeza Juana se acomoda en la orilla del lecho. Desanuda los lazos con que sostiene sus medias de hilo. El zapato que acaba de quitarse cae al suelo. El ruido se magnifica en el silencio de la noche. Temerosa de haber despertado a Clemente se vuelve a mirarlo. Se sorprende al verlo sonriente:

—No te apures, no estaba dormido.

—¿Pos no que tenías tanto sueño? —Juana habla en voz baja para no despertar a su hijo Carmelo que duerme en la misma habitación.

—¿Cómo voy a dormir con todo tu averiguadero? A ver, dime: ¿qué tanto platicas a los santos?

—No les platico: les doy gracias y los encomiendo mucho a ustedes.

—¿De qué les das gracias?

—¿Cómo que de qué? Pues de lo que nos dan. Tú comienzas a trabajar el 16. Sí, ya sé que no ganarás la gran cosa pero siempre será mejor que no tener nada, ¿no te parece? —Clemente sonríe con ternura ante el optimismo de su mujer—: Desde que fuimos a jurar a la Basílica ya no has tomado; eso se lo debo a la Virgen. Pero de todo lo que hacen los santos por nosotros, les agradezco más, más, una cosa; que Carmelo esté tan mejoradito.

—¿Mejoradito? —pregunta Clemente desalentado. Piensa en su hijo, incapaz de valerse por sí mismo.

—Claro que sí. ¿Crees que si no estuviera mejorándose me habría hecho un regalito del día de la madre? —Juana va hacia el altar. Entre las imágenes y veladoras hay un plato de cartón adornado con un moño rojo que en el centro tiene una flor morada: una orquídea. Juana vuelve junto a su marido y le muestra orgullosa el trabajo hecho por Carmelo—: Dice la profesora que pocos muchachos progresan tan aprisa. Hace menos de un año lo llevamos a la terapia. Acuérdate que entonces ni siquiera podía agarrar el lápiz. Ahora ya hasta dibuja.

Clemente mira el plato de cartón. Pasa la punta de los dedos sobre el dibujo. La angustia le aprieta la garganta igual que la tarde, hace ya varios años en que el médico les informó que su primogénito había nacido con una lesión física severa: —Su cerebro está bien, pero si no habla correctamente, si notan que no puede controlar sus movimientos, se debe a un error orgánico. Hagan de cuenta que tiene una pieza malpuesta... Con tratamiento, puede mejorar. Pero más importante que la terapia es el amor que le den.

No les dé tiempo de armar un escándalo. Esas cosas nos perjudican, sobre todo ahorita. Que lo acompañen estos tres, por si las cosas se ponen difíciles. No lo creo... Si hoy en la noche se hace el desalojo, el lunes empezamos a demoler. Que no quede ni un cuadrito levantado porque si no esas gentes son capaces de volver a meterse allí. Parecen animales: una cueva, un sótano, un agujero les sirve de casa...

II

Juana aún no puede comprender lo que está sucediendo. Mira sus muebles amontonados junto a la puerta de la casa que habitaron durante once años y no los reconoce. Oye a Clemente que, en camiseta y pantalón, habla con el desconocido que le muestra unas hojas de papel. Junto a ella Carmelo tiembla, se remolinea, se le pega buscando su calor, la restitución del sueño.

Las casas se iluminan. Los vecinos aparecen a las puertas. Sus voces llegan como desde el fondo de un pozo. La única palabra clara es "desalojo".

—Mamá... —dice Carmelo.

—Espérate, mi vida. A ver, siéntate aquí quietecito. Voy a ver qué tanto habla tu padre... Viejo, ¿qué papeles son ésos?

—Yo qué sé. No dejes al niño solo. Vete con él...

Juana obedece. Toma una colcha y la pone sobre los hombros

de su hijo. Lo conduce hasta el sitio donde quedó el colchón y le aconseja: –Duérmete. No te asustes, no te pongas nervioso.... —el niño gime, intenta acariciarla, atraerla. Desesperada, Juana se vuelve y mira sus cosas. Entre las imágenes benditas descubre el plato de cartón. Lo pone entre las manos de su hijo, que al fin se tranquiliza.

–Me lo cuidas muy bien, ¿entiendes? —Carmelo sonríe, pero vuelve a inquietarse cuando escucha los gritos de su padre:

–Caramba, ¿cómo íbamos a pagar la renta al administrador si nunca volvió? La despositamos en un despacho. Juana, ¿tienes los recibos que nos dio el licenciado Hernández?

–Pos sí los tengo, pero en este tiradero ¿dónde los hallo?

La mujer percibe una sonrisa en el rostro del desconocido. Eso le da valor para gritar: –Esta gente ya me batió todo. Entraron en la casa como puercos.

–No vine a oír insultos. Muchachos, pongan los sellos en la puerta y vámonos —ordena el desconocido.

–Oiga, usté no puede irse nomás así, dejándonos a media calle.

–Muchachos, los espero en la camioneta —el desconocido se dirige al vehículo, pero Clemente lo toma del brazo y lo obliga a detenerse. Aquél, sin alterarse, rechazando el contacto, aclara—: Hace un año se les envió la notificación. Pudieron buscar acomodo.

–¿Cómo? ¿Con qué íbamos a pagar las rentas que están pidiendo? —grita Clemente. Juana interviene—: Señor, por su madre. No sea así. Hemos tenido muchos gastos. Nuestro niño va al médico, toma medicina y eso cuesta dinero...

–No es mi culpa que tengan un hijo idiota —el desconocido sube a la camioneta. Enfurecida, Juana corre hasta donde está Carmelo y le arrebata el plato de cartón. Vuelve a la camioneta y agita el plato frente a la ventanilla cerrada:

–Mi hijo no es idiota. Si fuera así, ¿usté cree que habría podido dibujar esta orquídea?

La educación sentimental

–¡Qué porquería, pero qué porquería más espantosa! Francamente, no entiendo que alguien pueda vivir así...

Con los pulgares metidos en la pretina del pantalón, Rodolfo guarda silencio y da un vistazo a la sala-comedor, primero convertida en cuarto de costura y después en recámara destinada a su madre, paralítica. Desalentado, golpea con la punta del pie un basurero. Aparecen pañuelos desechables, bolitas de algodón, frascos de pastillas vacíos. Sin apartarse de la puerta de su recámara, al fin la mira a ella, que a su vez lo observa en silencio, con los ojos inmensamente abiertos.

–Y tú, ¿te has visto cómo estás? Son las nueve. Pudiste siquiera darte una peinadita. No te digo que lo hagas por mí, sino por ti. Caramba, en este mundo es necesario tener un mínimo de respeto por uno mismo.

Ella levanta la mano. Torpemente procura ordenar los mechones blancos que le caen sobre la frente y le dan el aspecto de una muñeca de trapo a la que comienza a salírsele el aserrín. Satisfecha, casi sonríe, pero Rodolfo no modifica la severidad de su actitud:

–¿Y tu bata? ¿Ya viste cómo está? Toda sucia de comida. Sí, sí, no pongas esa cara. Mírala, en el pecho tienes manchas del huevo tibio que tomaste ayer. Fue un descuido; no creo que estés tan mal que no puedas controlarte, comer como las personas decentes —Rodolfo parpadea, como si recordara algo. Entonces levanta la mano y pone el dedo índice apuntalando su nariz—: *Las personas decentes*. Madre, ¿recuerdas la cantidad de veces que me regañaste y me golpeaste porque yo, tu único hijo, era incapaz de comportarme como ellas? "Ven acá, muchacho, te voy a cortar esas greñas para que la próxima vez que te mande a la peluquería no me desobedezcas. Nada más los pelados andan con esas mechas de loco." Pas, pas, pas... Tres golpes de tijera; tres buenos golpes de tijera voy a darte a ti, para que aprendas a no andar despeinada a las nueve de la mañana.

Asustada, la anciana se mueve en el sofá, que es su lecho. Levanta la mano y murmura:

–Rodolfo, hijo, por favor...

–Por favor. ¿Desde cuándo sabes decir "por favor"? Desde que estás inutilizada. Antes todo eran órdenes: "haz esto, haz lo otro, y te advierto que si no me obedeces...". ¿Qué? ¿Qué ibas a hacerme si no te obedecía, madre? A golpearme con lo que fuera. "¿Y por qué castiga tanto a Rodolfito?" ¿Te acuerdas que te lo preguntaban las vecinas cuando salíamos a la calle juntos? Tú con tu eterna sonrisa bondadosa y yo ocultando con mis trajecitos blancos los moretones, las heridas. Entonces, sólo entonces, me lanzabas una mirada que jamás te vi en otras ocasiones. "Porque no quiero que sea un desobligado. Me molesta que llegue de la escuela y tire los libros por aquí, el uniforme por allá. Luego se pone a ver sus cuentos y los desparrama por toda la casa, sin consideración, sin pensar que estoy sola. Imagínese, en la oficina trabajo ocho horas y hago una de regreso a la casa. Llego muerta y con todo y eso levanto la ropa, lavo, cocino, hago el baño. Él tiene que comprender, aunque sea por las malas."

–Hijo, yo... —abruptamente Rodolfo impide que su madre hable:

–Por cierto, madre, ¿cuánto tiempo hace que no te bañas? Mucho, lo sé porque es horrible, desagradable, estar cerca de ti —con un gesto exagerado Rodolfo se lleva las manos a la nariz y finge un conato de vómito.

–Hijo, yo quise hacerte un muchacho de bien. Tenía miedo de que fueras a ser desobligado, irresponsable como...

–¿Como quién? Dilo: "Como tu padre, que nunca se casó conmigo...".

–¡Rodolfo!

–Cuando tus amigas venían les contabas lo mucho que te preocupaba mi educación: "Quiero que sea honrado, trabajador, pero sobre todo que esté listo para enfrentar la vida solo. Quiero que aprenda que la responsabilidad de una casa, por ejemplo, no sólo es de la mujer sino también del hombre". Y entonces aquellas malditas cotorras me acariciaban el pelo, la barbilla y con mirada repugnante, pensando no sé qué cochinadas, me decían cuánto envidiaban ya a la mujer que sería mi esposa, a la elegida que iba a compartir mi vida en esta casa. *Tu casa*. La casa que compraste con trabajos, pidiendo préstamos aquí y allá, hipotecando. "Si me mato, si me sacrifico, es por ti, Rodolfo..."

–Tengo sed, hambre...

–¿Quieres leche caliente con azúcar y canela? Puedo ponerle también unas gotitas de vainilla —al oír la oferta de Rodolfo los ojos de la anciana se iluminan hasta que él, de vuelta al umbral de su recámara, recobra el tono severo—: ¿Quieres? Lo siento, no puedo darte de comer porque no te has lavado las manos, porque cuando comes te ensucias la bata que tanto trabajo me cuesta lavar. Te diré lo que tú me decías: "No comerás porque no hiciste la tarea, porque dejaste la ropa tirada, porque eres un muchacho rebelde". ¿No es cierto que eso me decías? Niégalo, ándale...

—Si te castigué fue por tu bien...

—Ah, sí, también eso me decías: "Te pego porque te quiero, te dejo sin salir por tu bien... Ahorita me odias, pero después, cuando crezcas, me lo agradecerás y dirás: qué bueno que mi madre fue dura conmigo porque así evitó que fuera un irresponsable...". Sí, tuviste razón, te lo agradezco...

Rodolfo da un golpe a la puerta de su recámara, que se abre de par en par. En ella predomina el blanco. La cama está perfectamente tendida. Los muebles y las ropas están en su sitio.

—...te lo agradezco porque ahora soy un adulto de treinta y ocho años, soltero, que no puede resistir que haya nada sucio ni desordenado. Detesto la mugre. Es lo peor, es lo peor... Y tú estás mugrosa, estás cometiendo una falta grave, gravísima.

—Hijo, ayúdame —dice la madre, que inútilmente procura incorporarse entre el montón de ropa sucia, bolsas y desperdicios que se han ido acumulando en torno suyo.

—Te estoy ayudando, madre, y por eso te señalo tus descuidos, tus errores...

—Pero es que...

—No hay pero que valga... —dice el hombre, imitando involuntariamente el tono de voz de su madre—: Si a ti te duele el castigo, a mí más. Lo soporto porque es necesario. Son tus palabras. Las pronunciabas mientras yo gemía, de niño, ¿recuerdas?

—Rodolfo, por favor: desde ayer no como nada, no he bebido ni una gota de agua...

—Cuando te peines, cuando te laves las manos, cuando recojas este tiradero, entonces... entonces veremos. ¿No es lo que me decías, madre? Ahora me odias, pero después me lo agradecerás...

Rodolfo da media vuelta y entra en su recámara blanca.

El mal

I

$\mathcal{A}$l entierro de Jorge asistió nada más su familia. Su padre no derramó una sola lágrima. Doña Margarita, sostenida por sus hijas, rezó en voz baja y nunca levantó la cabeza. Tenía miedo de que el padre Rosas se arrepintiera de haber autorizado la cristiana sepultura.

Esa mañana, más que tristeza por la muerte de Jorge, sentí rabia de ver a su familia. Todos iban muy vestidos de luto; todos rodeaban el ataúd y extendían las manos para tocarlo. ¿Ya para qué? ¿Por qué no se portaron así mientras él estuvo en el hospital? Miserables: nunca fueron a verlo. Él me lo dijo la última vez que me habló por teléfono: "Me mandaban ropa limpia, llamaban para ver cómo seguía, pero jamás me visitaron. Les dio miedo...".

De todos los amigos de Jorge fui el único que asistió al entierro. A lo mejor la palomilla no se enteró de su muerte, pero todos sabían que Jorge estaba en el hospital "curándose de los riñones". Estoy seguro de que cuando los muchachos llamen y pregunten a sus hermanas o a su mamá cuándo podrán visitarlo, cuándo volverá, ellas les dirán: "¿Qué no sabes que el pobre de Jorge murió?". Y cuando quieran ir a darles el pésame los mantendrán a raya: "Mira, si mi mamá te ve se acordará de Jorge y sufrirá más... Te agradezco tu buena intención, pero más te agradecería que no vinieras... Tú me comprendes ¿no?".

Mientras duró el entierro los estuve observando y ellos también a mí. Me veían con desconfianza, con rabia, con asco. De mala gana aceptaron mi pésame. Cuando abracé a don Jorge se me quedó viendo de una manera horrible, pero allí no se atrevió a preguntarme nada.

II

Jorge y yo fuimos amigos desde chicos. A últimas fechas nos veíamos poco en comparación con la época en que formábamos parte de la estudiantina de la parroquia. Él cantaba precioso. Creo que la gente iba a la iglesia de la colonia nada más a escucharlo. Me dolió separarme de él cuando mi mamá quiso que nos fuéramos a Campeche porque iba a juntarse de nuevo con mi padre. Allá duré cuatro meses, hasta que ellos se divorciaron de plano. Cuando regresé a México supe que Jorge y su familia se habían cambiado al Rosario. Pensé en ir a buscarlo pero lo fui dejando para un mañana que nunca llegó.

Una noche en que estábamos cenando en la casa, mi madre me avisó: "Te llaman por teléfono". Era Jorge. Me dio gusto oírlo. Se lo dije y se soltó a llorar: "Estoy solo en mi casa. Si no fuera así no podría hablarte. ¿Sabes? Estoy enfermo...". Casi no le entendía a causa del llanto. Luego, a gritos, me explicó que iban a internarlo, que de ese modo su familia se deshacía de él. "Pero yo quiero morirme aquí, en mi casa..." Cuando le pregunté qué enfermedad tenía colgó el teléfono.

No dormí pensando en Jorge, que ni siquiera alcanzó a darme su dirección; sin embargo, decidí ir al Rosario y buscarlo al día siguiente, a la salida de la fábrica. Me costó mucho trabajo pero al fin encontré su casa. Me abrió la puerta su hermana Ofelia. Se puso pálida al verme. Le pregunté por Jorge. Me respondió puras mentiras: "Sale muy temprano por la mañana y vuelve tardísimo. Es muy difícil que lo encuentres. ¿Tienes el mismo número de siempre? Entonces espérate a que él te llame".

Me iba a despedir cuando apareció don Jorge. Hecho una furia me insultó sin motivo: "Maldito vicioso, ¿qué demonios vienes a hacer aquí? ¿No te bastó con haber corrompido a mi hijo? ¿Quién me dice que no fuiste tú, desgraciado, el que lo contagió? Lárgate porque si no, te mato o llamo a la policía para que te refundan en el infierno, donde no puedas hacerles mal a otros...".

No entendí a qué se refería el padre de Jorge pero me asusté y me fui corriendo.

III

Nunca supe en qué hospital internaron a Jorge, pero gracias a su segunda y última llamada me enteré de que se había escapado de allí: "Prefiero morirme solo en la calle. Eso debe ser mucho menos terrible de lo que he padecido... No me interrumpas, déjame hablar. Estoy enfermo. No tengo remedio, moriré. Me lo dijo el médico, lo confirmaron las enfermeras. Sentí miedo, pánico, pero en vez de consolarme se burlaron: "Si tienes esta enfermedad es por tu culpa, por tu vicio. Tú te lo buscaste, tú te lo hallaste". Hace ya varias semanas que me dan por muerto. No me entienden, no me hablan, me dejan la comida en la puerta del cuarto, se niegan a inyectarme... Ya no tengo fuerzas para resistir lo que veo. Me doy cuenta de todo, ¿sabes? Estoy acabado. Si me vieras ahora no me reconocerías... Me volví anciano. No duermo y si lo hago, sueño cosas terribles. Lo peor es que no tengo a nadie a quien decirle estas cosas. Pedí un sacerdote pero nunca se presentó. No puedo ver a otros enfermos, no hablo con nadie... Pero ya no importa. Me escapé...".

Cuando le pregunté a Jorge dónde estaba para ir a buscarlo se negó a decírmelo: "No quiero que me veas. Ni tú ni nadie. Te llamé porque eres mi único amigo, la única persona a la que puedo confesarle: tengo miedo. Voy a ponerle fin a todo eso porque no quiero volver al hospital para soportar más humillaciones y burlas. No sabes lo que es estar moribundo y sentir el desprecio, el odio, el asco de todos. Si me quejo se burlan, si solicito ayuda no me la dan. Lo peor de esto es la soledad... Pero tú eres mi amigo. Sólo tú podrás acompañarme...".

No comprendí bien aquellas palabras, sólo insistí en que me dijera dónde podríamos encontrarnos: "No importa dónde estoy, sólo te pido que sigas junto al teléfono... Dejaré descolgado mi aparato y mientras tú sigues hablando yo me iré... No te niegues, hazme este último favor. Acompáñame. ¿No dijiste siempre que éramos amigos?".

De pronto no escuché más que un rumor de pasos. Comprendí que Jorge se había ido. Me puse a hablar. Terminé gritando. Para que mi madre no pensara que estaba loco repetí la canción que nos enseñaron cuando Jorge y yo entramos en la estudiantina de la parroquia. Espero que él la haya escuchado antes de suicidarse.

JUSTICIA

I

*L*as conversaciones decaen, los cuerpos se pegan contra la pared, las sonrisas se borran de los rostros cuando aparece Cipriano: tempranito o después de las seis de la tarde. Con tales gestos y actitudes sus vecinos y amigos le expresan una solidaridad profunda, impotente. Porque allí todos saben los motivos de su constante ir y venir: el hombre visita la antesala de un abogado que jamás lo recibe; pasa horas en la delegación donde espera justicia acerca de la demanda que presentó cinco semanas atrás: "Yo, Cipriano Aparicio, empleado de la construcción, declaro que mi hija de once años, Estela Aparicio Hernández, fue atacada y violada por varios muchachos que forman la pandilla de Los Espolones".

Van muchas veces que el abogado sale de su oficina antes de que Cipriano —con botín de resorte y sombrero de palma— pueda hablarle. Van muchas veces también que regresa a su barrio sin haber conseguido nada en la delegación, donde siempre le piden datos precisos: "No es suficiente con que nos diga la edad y el nombre de su hija. Para proceder como usted quiere necesitamos que presente testigos que certifiquen cómo y por quién fue atacada la niña. También es necesario saber si Estela llevaba relaciones de noviazgo con alguno de esos muchachos... No se enoje, no se ponga así: no será el caso de su chamaquita pero a veces las mujeres provocan, se meten en un lío y cuando no saben cómo salir de él inventan que las forzaron...".

II

Desde luego Cipriano no puede presentar testigos y mucho menos demostrar que su hija nunca ha tenido relación alguna con sus atacantes. En cambio sabe que Estela es buena, que nunca le ha mentido y que es verdad lo que ella le contó una noche de lágrimas: "No sé si me anduvieron siguiendo, el caso es que cuando acababa de bajar del ca- mión y atravesaba el llano sentí que me agarraron, me taparon la boca, me tiraron al suelo y luego ya no sé qué pasó...".

A fuerza de repetírselo mentalmente, de recitarlo frente a las au- toridades como una lección aprendida, Cipriano ha llegado a confundir el relato de su hija pero recuerda el golpe que ella tenía en la cara: fue rojo, morado, ahora es negro. Es una mancha pequeña, pero lo oscurece todo. Sí, esa mancha, para él, todo lo vuelve de luto.

III

Los gritos de Cipriano y el llanto de Estela estremecieron los ci- mientos del cuarto que el hombre construyó para darle seguridad a su hija y a su esposa, muerta hace tiempo de un mal parto. Tan sepultados y juntos como la madre y el recién nacido, así viven Cipriano y Estela.

Desde la noche en que ocurrió la desgracia su vida cambió. Ci- priano se siente incómodo ante su hija: la ve con inquietud, con disgus- to, a veces hasta con suspicacia. Estela, por su parte, dejó atrás su niñez. No asiste a la escuela, no ríe, no juega con sus compañeras —entre otras cosas porque sus madres no les permiten que se junten con ella: temen que les revele el secreto... Mientras hace el trabajo doméstico, Estela an- da despacio; luego, en la noche, cae en un sueño denso, enfermizo, que se interrumpe a veces en un llanto, en un grito, en un murmullo donde sólo es clara una palabra: "Tosco".

La vida de los amigos y vecinos de Cipriano y Estela también cambió: sus casas se convirtieron en refugios, sus horarios se torna- ron inflexibles porque para ellos toda sombra oculta un enemigo. Las madres son custodias de sus hijas y los padres carceleros de todas: no quieren que les suceda lo mismo que a Estela; no desean sentirse tan rechazados y humillados como Cipriano, que va del despacho a la de- legación gastando inútilmente su historia, su tiempo, sus esperanzas de justicia.

IV

En apariencia la calle sigue igual: con sus horarios, sus rumo- res, sus baches, sus perros, su oscuridad perpetua. En ella, como re- lámpagos que atraviesan un cielo renegrido, brillan todas las tardes y las noches las cadenas, las puntas, los estoperoles, los colores chillantes con que Los Espolones tiñen sus cabelleras para diferenciarse de otras pandillas.

Desde que causaron la desgracia de Estela ellos son dueños de la calle. Desterraron de allí el juego y el ritmo tranquilo de los pasos para llenarlo todo con sus canciones, sus risas, sus silbidos. Los muros también les pertenecen. Allí expresan sus deseos con la mayor brutalidad, dibujan su emblema, inscriben sus consignas sin importarles que se mezclen con las de un partido político que alguna vez se aventuró por allí.

Disimuladas, pequeñas como los brotes en una planta muerta, han comenzado a florecer en las paredes ciertas respuestas, ciertas frases: "Fuera las pandillas", "Tenemos derecho a la seguridad", "¿Cuándo llega la justicia para los pobres?", "Estela: no olvidamos ni perdonamos lo que te pasó".

V

Al barrio, tarde o temprano, llega todo: los camiones de la basura y del gas, un taxi destartalado, la última moda o el último rumor. Sí, todo llega, menos la justicia para Estela. La furia arroja a Cipriano de su casa y se refugia en la miscelánea, sus amigos lo invitan a beber, a olvidar, pero en el fondo esperan de él algo más: que rompa su silencio.

Cipriano nunca hubiera pronunciado una sola palabra, jamás se habría rebelado contra la humillación y la indiferencia si esa noche no hubiera visto al pandillero. Iba solo, con los brazos desnudos, el pecho cruzado con cadenas y un paliacate rojo atado a la pierna derecha.

—¿Será de Los Espolones?

—Sí, cómo no... Tenía tiempo de no venir. Le dicen el Tosco —Cipriano escucha y bebe con avidez redoblada.

—Es raro que ande solo...

—Pero ya está llamando a los otros: óigalo chiflar —el silbido desgarra el interior de Cipriano y recorre todas las heridas secretas que han avejentado su cuerpo tanto como el de su hija. No dice nada.

—Cuando se juntan son temibles... ora que ya solos, son otra cosa... Mírenlo, como que presiente que lo estamos viendo y ya se va a largar —Cipriano ve al Tosco que se esponja el cabello y se dirige hacia el llano.

—Va a la terminal. De seguro que los otros lo están esperando allá...

–Ojalá que Dios Nuestro Señor hiciera que'orita llegaran los de la patrulla —dice Remedios, la propietaria de la miscelánea.

–Dios está muy lejos, casi tanto como la delegación... —Cipriano termina la frase, estrella el casco de cerveza en la esquina del refrigerador y sale a la noche. Sus compañeros rompen sus botellas y lo siguen hacia el llano.

Los fantasmas del lago

I

*P*asa de medianoche. El autobús entra en los patios de la termi-nal. Los pasajeros se ponen de pie, se atropellan mientras sacan de las canastillas los morrales, atados y bultos que forman su equipo. Varios se precipitan hacia la puerta. El conductor, que sigue maniobran-do, les dice impaciente: "¿Qué se ganan con hacerse bolas aquí? No voy a abrir. Espérense a que me estacione".

Durante unos minutos los pasajeros se mantienen en actitud de niños reprendidos, pero en cuanto el motor lanza el último bufido se pre-cipitan por la escalerilla, se dispersan por el andén y la sala de espera. Sólo Aurelio permanece en su sitio, con la caja de cartón sobre las pier-nas. En ella guarda sus pertenencias: una muda de ropa, una cobija y en el paliacate desteñido un puño de tierra: de su tierra.

Su inmovilidad despierta la suspicacia del conductor. Lo mira por el espejo que abarca la parte alta del parabrisas: "Y usté, ¿no baja?". Aurelio no responde, sólo desciende a toda prisa.

II

La luz blanca pone al descubierto hasta el último rincón de la sa-la de espera. En las bancas dormitan hombres y mujeres. Una madre da el pecho a su hijo sin inquietarse por la forma en que la mira un ebrio. No muy lejos de él un guardia juega con una cadenita de cuyo extremo pende un manojo de llaves. En el espacio que media entre las puertas de los baños una anciana duerme apoyada sobre un montón de jarros y cazuelas.

Los que dormitan, los que conversan, los que devoran los restos de comida guardada para momentos críticos, esperan que amanezca pa-ra abandonar la terminal. Unos irán a los mercados a vender los produc-tos que trajeron del pueblo y comprar las que revenderán allá; otros se dirigen a los talleres y fábricas donde los contratan por sólo algunos días de la semana sin prestaciones ni salario mínimo.

Aurelio no espera nada del amanecer. Si algo lo retiene en la terminal son el disgusto, la tristeza y la culpa. Elige el lugar más apartado. Se sienta, enciende un cigarrillo. Poco a poco va hundiéndose en sí mismo hasta que escucha la voz ronca de un hombre: cubierto con una manta roja, lo siguen una mujer desgreñada y cuatro hijos harapientos. Todos se encaminan hacia el altar donde la Virgen de Guadalupe resplandece entre flores de papel. Aurelio ve que el hombre reparte monedas entre sus hijos. Por turno van depositándolas en el cepo. La niña más pequeña se demora en dejar la limosna: con la moneda en la mano observa a un vendedor de gelatinas. Reacciona cuando su padre le da un golpecito en la espalda y le dice: "Órale 'scuincla, échelo".

III

El golpe de la moneda al caer se magnifica en el silencio, rebota en la noche y reproduce otro que Aurelio pensaba olvidado: el de las piedras que solía arrojar al lago en los amaneceres, cuando acompañaba a su padre a pescar, a recoger tule, a dispararle a las garzas cenizas.

Aurelio abre los ojos sobresaltado por el recuerdo que fue parte de un sueño fugaz. Tan fugaz como el otro, de grandeza, que lo trajo a la capital hace tres años. A lo largo de ese tiempo buscó trabajo, alimento, casa, gente amiga con quien hablar. En semanas de relativa bonanza visitó la Catedral, la Villa de Guadalupe, Chapultepec. A su lago de aguas turbias arrojó piedras pero nunca logró que se repitiera aquel sonido, misterioso y fantástico, de los amaneceres junto al lago.

El hombre sonríe con amargura cuando piensa que al cabo de años de búsqueda en la capital sólo encontró ocupaciones miserables, espacios reducidos y sucios, comida escasa y una soledad creciente que lo obligó a volver a su tierra.

IV

Aurelio siente cómo se aceleran los latidos de su corazón al recordar lo que sucedió aquella tarde, cuando volvió a su pueblo. Estaba tan contento del regreso que apenas se dio cuenta de que las calles se hallaban desiertas y oscuras la mayor parte de las casas. "Habrán ido a algún paseo", dijo saltando las vías del tren. Conforme se adentró por los caminos, las hileras de árboles fueron ennegreciéndose y los perros hicieron gala de una fiereza que él aplacó llamándolos por su nombre: "Cállate, Canica, no seas escandalosa". "Quihubo, Es Igual, pensé que te habías muerto." "Sácate, Pirueta, o te meto un piedrazo."

Aurelio iba contento. Su dicha se desvaneció cuando encontró la puerta de su casa abierta de par en par y en su interior sólo vacío y oscuridad. Para tranquilizarse, recordó las noches en que todos se iban rumbo al lago a tostar elotes y pasarse las horas cantando. Abandonó su caja de cartón y regresó al camino.

A medida que Aurelio avanzaba se hacía más evidente la humedad del aire, pero también un olor extraño, dulzón, desagradable. Fue la primera señal de cambio que percibió Aurelio. Lo demás estaba idéntico a como lo había dejado: las filas de huejotes y sauces marcaban los linderos respetados durante generaciones de pescadores y campesinos; la torre de la capilla se miraba a la distancia y en lo alto del cerro perduraba la cruz en el sitio donde Casto había muerto, fulminado por un rayo.

Desde lejos el lago parecía un espejo oscuro. Pronto adivinó dos siluetas: "Padre, madre: soy yo Aurelio", gritó ansioso, sin darse cuenta de que el aire era cada vez más denso y pestilente. En efecto, allí estaban sus padres. Lo miraron con sorpresa, lo abrazaron. Él habló de quedarse junto a ellos, de vivir tal como lo habían hecho sus abuelos y bisabuelos. Lo escucharon con lágrimas, en los ojos y al fin su padre tomó la palabra:

—Cuando te fuiste, cuando se fueron todos los muchachos, este era un lago vivo. Fue nuestra bendición: nos daba alimento y trabajo. Pero todo se acabó, todo murió en él cuando nos lo inundaron de aguas negras. Los que vimos cómo lo asesinaban éramos ya demasiado viejos para luchar por él. Ustedes, los jóvenes, no estuvieron aquí para defenderlo. Ahora, cuando todo está muerto, tu regreso es inútil. Vuelve a la capital: algo hallarás allí.

Aurelio tomó una piedra y la arrojó al lago. En sus márgenes no volaron las garzas; los peces y macuiles no se zambulleron: la piedra se hundió en el agua espesa, muerta.

Amanece. Arrojado de su tierra, Aurelio se siente también expulsado de la ciudad que empieza a despertar. Se levanta y camina, ansioso de perderse y huir de los fantasmas del lago.

Vestido de novia

I

Seis días de la semana Lucila trabaja en un taller de costura especializado en vestidos de novia. Alta, robusta, sus aretes de oro falso brillan más que sus ojos: apenas dos puntitos de su rostro desnudo. A los veintitrés años arrastra los pies. En sus horas de ocio se muerde las uñas y siempre tiene un apetito infantil por los dulces. Los domingos *descansa*: lava, plancha, va al mercado, cocina, juega con Fernandito y cabecea frente al televisor toda la tarde.

En el taller convive con más de veinte compañeras. Habla con todas. De ninguna es amiga íntima, quizá porque va de una mesa de trabajo a otra, donde se desempeña indistintamente como encajera, cortadora, terminadora. También maneja la máquina de zigzag o la plancha de vapor. Durante ocho horas, encajes y tules la aíslan en la blancura absoluta que es como una especie de vacío, donde no queda sitio para los recuerdos.

Hacia las siete de la noche vuelve a su domicilio. Siempre espera el autobús en la misma esquina, siempre anda con la misma desconfianza, siempre huye con horror de los desconocidos que se le aproximan: recuerda a Alfonso, dice una oración.

Cuando llega a su casa el dolor de cabeza, de espalda, de pies; los calambres en las piernas o en la cintura le impiden disfrutar de su hijo Fernandito que lloriquea y por fin se duerme. Frente a la taza de café, Lucila escucha a su madre que con voz cascada le cuenta las aventuras del niño: —No quería y no quería que nos saliéramos de la tienda. Estaba terco a que le comprara una estampita de esas que huelen... Como no le di gusto, lloró toda la tarde. Con decirte que sólo vino a silenciarse cuando le dije que ya merito llegabas.

Deshecha por el cansancio, incapaz de expresar la tristeza que le causan las palabras de su madre, Lucila apenas tiene fuerza para decir: —Ay, mamá, se la hubieras comprado. ¿Qué tanto puede costar?

En el rostro de la abuela se acentúan las líneas que enmascaran su rostro cuando responde: –No, si no estaba cara, pero ya no me quedaba ni un centavo: ¿con qué iba a comprársela?

Lucila ya no tiene respuesta. Levanta los platos, los enjuaga y se dirige a la cama donde duerme su hijito. Es el lecho matrimonial que nunca compartió con Alfonso, su legítimo esposo.

II

La luz amarillenta de un farol entra por la ventana sin cortinas. El parpadeo de un anuncio colocado en la azotea vecina —FELIZ AÑO NUEVO 1985— hace latir el interior de la habitación en que Lucila permanece despierta. En la penumbra los muebles adquieren formas extrañas. La muchacha se tranquiliza cuando mira la caja de cartón que guarda su vestido de novia: sigue allí, sobre el ropero, en el mismo sitio donde lo puso cuando volvió a refugiarse a la casa de sus padres: "Era lo único que traía: la caja y mi barriga ya crecidita...".

Van a cumplirse tres años de que ocurrió la desgracia y ella recuerda el 12 de marzo de 1982 con una precisión absoluta: el olor a nuevo del vestido de novia que le ayudó a ponerse su prima Carolina, su confidente: –No te apures, manita, sigues bien delgada. Por Dios que no se te nota —siente otra vez el malestar que le sobrevino cuando su padre la condujo al altar. Iba orgulloso —"porque sales de blanco, igual que todas las mujeres de esta casa: limpias, decentes" —Lucila vuelve a reír cuando recuerda a Alfonso, ahogándose con los granitos de arroz que Martina les tiró a la cara: –¡Que vivan los novios, que vivan...!

Desde la puerta en que ella misma colgó la estrella blanca, hasta los lavaderos, todo floreció en la vecindad aquel domingo. Lucila enjuga el sudor que humedece su rostro, igual que aquella tarde en que bailó con su padre y sus primos, mientras Alfonso la contemplaba ahogando en tragos de cerveza el ansia de poseerla otra vez: –Al ratito nos vamos —Lucila cree ver nuevamente a las muchachas rodeándola, pidiéndole entre risas nerviosas el ramo de flores—: Échamelo a mí, a ver si se me hace...

Carolina la ayudó a escapar de sus perseguidoras, la introdujo en el último cuarto, la ayudó a desvestirse: "Ahorita ya no le hace, pero de todas formas te lo voy a decir para que te vayas tranquila: no se te nota nada". Antes de quitarse el vestido blanco Lucila lo contempló. Sintió un estremecimiento al ver que tenía el borde y los holanes sucios de lodo. "Apúrale, Poncho no tarda. Fue aquí nomás a comprar unos cigarros..."

Alfonso no volvió: "Unos de por allá que habían estado tomando en la calle, cuando vieron que llegaba a la miscelánea se le acercaron para robarlo. Como no se dejó, lo mataron... No nos atrevimos a acusarlos con la policía. Les tenemos miedo: son vecinos. Cada vez que los veo se ríen. Yo no les hago caso. Pero por dentro los odio: me acuerdo que mataron a Alfonso para quitarle quinientos pesos porque el otro dinero, el del viaje de bodas, me lo había entregado a mí...".

III

De la vigilia llena de recuerdos, Lucila pasa al horror, a la pesadilla que fue confesar a su padre su embarazo: "¿Y todavía viniste a burlarte de mí dejándome que te comprara el vestido blanco?", le recriminó el viejo durante los meses en que la muchacha, agobiada por la viudez, miró crecer su vientre.

Su padre no volvió a dirigirle la palabra. "Te aguanto que te quedes aquí sólo porque no tienes adonde largarte, pero ya sabes: en cuantito te alivies de tu escuincle, te buscas un trabajo y te me largas." Alterado, celoso, siempre ofendido, el padre se consagró al alcohol. En sus momentos de ebriedad aumentaba la furia que más de una vez intentó descargar sobre el vestido de Lucila: "Préstalo pa'cá, déjame que lo queme. No vale nada: está sucio como tú...".

El viejo murió sin conocer a su nieto. "Ya hacía muchos años que andaba padeciendo del tumor", le indica su madre para quitarle el sentimiento de culpa que la desvela y la ha obligado a imponerse el castigo de la soledad: "Vivo por Fernandito... si no...".

De todas estas cosas Lucila jamás habla con sus compañeras del taller. Silenciosa, sonriente, las observa coser y adornar los vestidos blancos, las escucha decir: "A ver cuándo me toca ponerme uno como éste...". Ella no dice nada. Guarda su historia en una caja, con vestido blanco.

Espejo roto

I

$\mathscr{L}$legó el momento en que lo único que le importaba era mirar los trocitos de periódico guardados durante dos años. Eran los recortes donde diariamente por varias semanas apareció su foto. Bajo la imagen, más clara o más oscura, estaban siempre las mismas palabras, aprendidas por ella de memoria gracias a que Marcial se las había repetido mil veces:

"Jovencita desaparecida. Simona Torres Hernández, de 14 años de edad, desapareció el 13 de septiembre de 1982. Cualquier informe se agradecerá en su domicilio: Manzana B, Lote 4, número 1356, colonia Providencia. Es morena, de pelo negro, tiene un lunar en la mejilla derecha. La mañana en que salió rumbo a la Basílica vestía pantalón verde, camisa a cuadros, suéter azul y zapatos blancos. No sabe leer. Su angustiada familia ignora su paradero. Se agradecerán informes."

Sólo ella, Simona, sabe lo que ocurrió aquel 13 de septiembre: a tres cuadras de su casa se encontró con Marcial que la esperaba. Desde entonces vive con él. Machetero de oficio, de temperamento nervioso, cree tener motivos para desconfiar de Simona. "Si tan fácil te fuiste conmigo, ¿a poco voy a creer que no seas capaz de largarte con otro?", le dice al principio de cada reconciliación que sucede a los pleitos, los golpes, los celos que se despiertan en el hombre cuando la muchacha pretende justificar una corta salida de casa diciéndole: "Me aburro d'estar sola, de vivir como apestada. Por eso m'hice l'ánimo de caminar un ratito...".

Simona vive en La Barca, una colonia lejana. De su casa —dos cuartos de tabique blanco, techo de cartón, patio con lavadero y un tambo de agua— sale únicamente al mercado, siempre acompañada de Marcial, quien la espía con el temor que le produce llevarle casi treinta años a Simona.

Cansada del encierro, herida por la desconfianza de su amante,

Simona ha pensado muchas veces en aprovecharse de las ausencias de
Marcial para huir. Una vez llegó hasta la carretera y de allí regresó, temblorosa, aturdida, dispuesta a ocultar las huellas de su acción. Junto a
ese hombre la retiene algo más que el miedo: la constante necesidad
de ese otro cuerpo que la hizo mujer. Simona se siente condenada.

II

En sus largos días de soledad Simona piensa en su familia con
remordimiento y recuerda su casa con nostalgia: extraña los olores
con que se llenaba a la hora de la comida, la risa de su hermana, los murmullos. A veces es tan grande su deseo de escucharlos otra vez que tra-
ma el regreso, aunque sea momentáneo. Se lo impide la vergüenza: "Si
por lo menos llegara con un hijo... pero así, manchada y sola".

Sin hijos, con Marcial casi siempre fuera de casa, el trabajo doméstico es poco. Fuera de mirar la televisión y oír el radio, Simona no
tiene más entretenimiento que ver los recortitos donde aparece con su
pelo suelto. La constancia con que la imagen vuelve a los periódicos le
duele: imagina a sus padres esperándola, ansiando oír una voz que les
lleve noticias de su vida. Agobiada por los remordimientos piensa que
si supiera escribir les mandaría una carta para decirles simplemente:
"Estoy bien. No se preocupen por mí. Perdónenme".

III

Desde el domingo en que Marcial le mostró el periódico, Simona
está inquieta. Por primera vez desde hace dos años las palabras bajo la
foto disminuyeron y cambiaron. Con gesto triunfal, de burla, el hombre
leyó en voz alta: "El jueves 18, en la iglesia de la Purísima, se hará una
misa en memoria de Simona Torres Hernández. Que en paz descanse".

Cuando preguntó a Marcial cómo era posible que su familia la
diera por muerta, él simplemente le dijo: "Llevan mucho tiempo buscán-
dote. No apareces. Pensarán que te atropelló un camión, que te caíste
por allí en algún barranco, que te perdiste...". Desde ese momento Simona se sintió en una trampa. La sola idea de su muerte la ensombre-
ció y se le volvió intolerable el ansia de presentarse ante su familia y
decirle: "Estoy viva, estoy bien, soy feliz con Marcial".

Esa noche, en medio de su insomnio, murmuró de pronto: "Quiero que me lleves a mi casa. No creas que pienso quedarme allá, pero

necesito que me vean para que no sigan pensando que estoy muerta". Marcial no respondió. Simona pensó asediar al hombre con el calor de su cuerpo, convencerlo con palabras: "Bueno, si no quieres ir a mi casa porque piensas que mi papá y mis hermanos pueden hacerte algo, entonces llévame el jueves a la Purísima. Ándale, no seas malo... Allí, en la casa de Dios, mis papás tendrán que perdonarnos". Marcial la rechazó: "Te llevo si quieres, pero aquí no vuelves".

IV

Hace muchas horas que Simona se halla frente a la puerta. La golpea, con la tenacidad de un perro hambriento, aunque sabe que Marcial no está en la casa: puede verla desierta a través de los resquicios. La penumbra que va llenándola le duele tanto como el recuerdo de lo sucedido en la Purísima:

En el trayecto de la casa a la iglesia Simona muchas veces juró a Marcial que no intentaba abandonarlo. Él no respondió ni accedió a entrar con ella en la Purísima: la dejó en la puerta, dio media vuelta y desapareció.

Llena de temor y de emoción, pensando que no tenía derecho a pisar un recinto sagrado, Simona se detuvo a la entrada, junto a la pila de agua bendita. Desde allí pudo ver a su madre, rodeada de sus hermanas. "Ni mi papá ni mis hermanos vinieron. Ni muerta me perdonan", pensó mientras tomaba asiento en la última banca. Aguardó hasta el fin de la misa y entonces, temblando, se paró a mitad de la nave. Su madre y sus hermanas la vieron sin mirarla. No la reconocieron, aunque aún tenía las trenzas sueltas y el lunar en la mejilla derecha. Inmóvil y llorando, las vio partir y al fin quedó sola en la iglesia, frente al túmulo negro erigido en su memoria.

V

Tardó horas en llegar a la casa de Marcial. La halló cerrada. Pasó la tarde entera esperándolo, mirando hacia el interior por los resquicios, golpeando la puerta que nunca se abrió. Al fin, ya de noche, apareció Marcial. Pasó junto a ella en silencio, como si no la viera. La puerta quedó entornada. Simona se paso de pie y se preguntó: "¿No será que de veras esté muerta?". Sólo había una forma de saberlo. Despacio, en silencio, como una sombra, entró en la casa, regresó a su tumba.

La venganza de santa Lucía

I

*H*ace tiempo que la violencia, el ruido y las aglomeraciones de la calle obligaron a Justina a replegarse en su departamento. Únicamente sale los días fijados para la entrega de su trabajo: manteles, túnicas, sábanas o capas que deshila, borda o teje a petición de sacerdotes que ofician en distintas parroquias.

Las constantes historias de atracos y violaciones la obligan a mantener cerrada la puerta de su casa. Su contacto con el mundo es la ventana, junto a la cual están su mesa de trabajo y su Kenmore. Desde temprano descorre las cortinas para que entre la luz natural y, más que para ver, para sentir el paso de la gente que, sin imaginarlo, la acompaña. La rutina de los desconocidos —la hora en que abordan el camión o entran en los comercios— la tranquiliza: es señal de que otro día pudo sobreponerse a los horrores de la noche.

Entre cinco y seis de la tarde —según oscurezca— Justina suspende sus labores. Teme gastar sus ojos si deshila o borda bajo la luz eléctrica. Entonces enciende el televisor. No lo mira: sólo escucha las voces o la música que emite. Sentada en su silla de bejuco observa con avidez creciente, casi malsana, lo que pasa en la calle.

Cuanto ve la inquieta, la estremece, la excita al grado de que tiene que hablar en voz alta. Su monólogo es como el zumbido de las moscas que se estrellan contra calendarios y retratos o giran en torno a la imagen de santa Lucía, protectora de la vista. "Ay, qué ansias me agarran cuando veo a esos chamacos jugando en la calle. Cualquier día los machucan." "Ya vi a la palomilla: se metieron todos en la tartana para ponerse a tomar. Creen que nadie se da cuenta pero yo sí me fijo y un día de estos me animo y llamo a una patrulla para que se los lleve." "Esa parejita debía irse a otra parte a hacer sus indecencias", dice cuando se estacionan frente a su ventana enamorados que doblegan sus ansias al mínimo espacio del volkswagen. Estas visiones la fascinan y la alteran, le producen un mareo del que despierta con el propósito de pedirle perdón a santa Lucía, "que no tarda en castigarme por curiosa. Dirá que si cuida mis ojos es para que los utilice bordando o tejiendo la ropa de los santos y no para ponerme a ver cochinadas...".

II

Justina ha visto los cambios operados en la calle, donde lo único invariable es el edificio chaparro, salitroso y de rentas congeladas donde vive. Mientras ella se fue haciendo pequeñita, sobre las construcciones de una sola planta se levantaron edificios enormes, con ventanas de espejo, estacionamientos, interfonos. En sus entradas Justina vio aglomerarse a trabajadores, comerciantes o simples curiosos. Ella los conoce a todos, así que registró con absoluta precisión el día y la hora en que llegó "la muchacha de las pelucas, una de *ésas*...".

Un martes, como a las cinco de la tarde, apareció la joven: vestía pantalones ajustados y camiseta blanca que dejaba al descubierto su cuello y sus brazos. El sol daba a su piel un tinte seductor que inquietó a los hombres e iluminó la calle.

Sin confesárselo, Justina esperaba cada tarde la aparición de la muchacha sólo para volcar en ella la furia que le provocaba su vida de trabajo y frustraciones: "Éstas siempre andan en la calle y nunca les pasa nada. Uno apenas sale y si no la empujan y la atropellan, la asaltan. No es justo...". Su dureza fue cediendo ante la constancia de la joven, que aparecía en la esquina aunque estuviera lloviendo o se levantaran horribles tolvaneras: "Pobre, tendrá mucha necesidad...".

Harta de bordar y tejer ropa destinada a los santos, aburrida de sus vestidos insulsos, Justina acabó por sentir fascinación ante los atavíos de la muchacha: sus faldas volaban con el viento, sus pantalones se pegaban a la forma de sus caderas, sus blusas siempre ceñían con gracia la línea de su pecho. Los adornos que ponía en sus pelucas eran especiales, inesperados: un moño y una flor, una pluma, una ramita verde. Sólo de mirar los tacones sobre los que la joven se balanceaba le producían a Justina calambres en los tobillos: "Qué bárbara, ¿cómo no se cae?".

De todas las cosas que llevaba consigo "la muchacha de las pelucas" una obsesionó a Justina: la bolsa de charol blanco. "¿Qué llevará allí?", se preguntaba la bordadora, imaginando joyas de fantasía, perfumes diabólicos, ropas exóticas "que de seguro se pone cuando está sola con los hombres". Su curiosidad llegó al punto de hacerle soñar que robaba la bolsa o se aproximaba a la prostituta en los momentos en que la abría. La verdad es que a Justina le resultaba intolerable pensar que en esa calle que no guardaba secretos para ella hubiera uno, inalcanzable, pequeñito.

III

Justina, que vio el auge de la calle, contempló también su decadencia. Comenzaron las mudanzas y desalojos. Tras los ventanales aparecieron letreros de "SE RENTA". Los empleados de traje y las muchachas vestidas a la moda se esfumaron y pronto frecuentaron el rumbo mendigos y desempleados que se sentaban en las escaleras de los edificios. Justina también vio con tristeza que "la muchacha de las pelucas" permanecía tardes enteras sola. Con decepción, se dio cuenta de que los atuendos de la joven ya no eran tan vistosos, que sus pelucas parecían marchitas y que sus contoneos habían sido reemplazados por un andar lento y fatigoso. Lo único que la joven nunca abandonaba era la bolsa de charol, cuya existencia seguía despertando en Justina la más viva curiosidad.

Una noche en que la bordadora se hallaba dormitando en su observatorio se despertó sobresaltada al oír gritos, una sirena. Cuando se acercó a la ventana vio que "la muchacha de las pelucas" corría por el camellón seguida de dos uniformados. Antes de que la atraparan, tiró la bolsa de charol en un basurero. Justina esperó a que los curiosos se fueran, a que la calle recuperara su ritmo normal. Entonces sigilosamente salió de su casa y recogió la bolsa y la ocultó entre sus ropas. Temerosa, se volvió a un lado y otro de la calle. Nadie la había visto, aún así, para disimular caminó hasta la esquina donde tantas veces había visto a "la muchacha de las pelucas".

Ya en su casa corrió las cortinas. Durante unos segundos estrechó la bolsa entre sus brazos y al fin la puso delicadamente sobre la mesa. Permaneció inmóvil frente a ella, deseosa de prolongar la sensación placentera de saberse próxima a la develación del misterio que la había obsesionado. Al fin, temblando, abrió la bolsa, bajo la luz eléctrica aparecieron un cepillo de pelo, dos billetes de mil pesos, una llave y un tejido a medio hacer. La decepción la llenó de rabia. Mordiéndose los labios se dirigió al altarcito de santa Lucía y bruscamente volvió la imagen contra la pared. "Yo sabía, yo sabía que alguna vez ibas a castigarme..."

A partir de esa noche, Justina mantuvo cegada su ventana.

La vida del Conde Juan

I. A la noche hay tocada, ¿l'entramos?

A cada rato oíamos que su jefa le gritaba: "Órale tú, condena-do". Y, sopas, a darle sus buenos cates. El Juan era bien chirris entonces. Pelochas, orejón, me cai que siempre traía cara de menso. No era el chupe ni el cemento. No l'entraba. Era que su jefa y el Agujeta lo traían finto. "Condenado esto, condenado l'otro." El chavo se la pasaba sacadísimo de onda. Si en la calle le decíamos: "Quihubo, Juan ¿adónde vas?", no respondía, pero si le gritábamos: "¿Qué haces ahí, condenado", entonces sí. Por eso le pusimos "el Conde".

II. ¿Quién trai feria pa'l pomo?

Pobre chavo. Palabra que a mí me daba lástima y eso que, como dijo el Cuauhtémoc, yo no dormía en un lecho de rosas. Pero tan siquiera no fui chapín, ni telera, ni mensote. Si me iban a madrear, me pelaba a la casa de mi prima, en la Morelos. Allá me escondía hasta que a mis jefes se les pasaba la onda de que tú, que un bueno para nada, que tus fachas, que tu música. El Conde era distinto: bien dejado. Lo sé porque mi cantón está pegadito al suyo. Era bien gacho oír que le gritaran: "Pos ora te quedas sin comer, ora te friegas, condenado, a ver quién te da, porque nosotros no". En las noches, a veces, dormía en el patio con los puercos, aunque hiciera bastante frijolito.

III. Pásalo, no te lo "acabes"

La bronca fue que lo apañaron. A mí me consta que él ni era de Los Mugrosos. Sólo fue a su tocada, por pura onda. Llegó la tira pero aquéllos no son babas y se pelaron. Al único que pescaron fue al Conde y más que siempre anduvo muy fachas. Vestía bien roto y los pitufos se lo cargaron. Le pegaron bien fuerte: "Si quieres que te soltemos te cais con una feria". Me contó que iba bien arrugado, no por la tira sino de pensar en caerle a su jefa y pedirle los chelines. "¿Dónde vives? Aunque no te des cuenta, te vamos a estar viendo y no se te ocurra pelarte porque te encontramos donde sea y te va peor. Volvemos a la tarde por la feria."

IV. ¿A poco ya se acabó?

Yo estaba en la azotea, echando ojo. Me esperé a que se fuera la tira y le caí al Condenado. ¿Qué pasó? Se lo pregunté pero yo ya sabía lo de la tocada. Nosotros no nos metimos porque no somos de Los Mugrosos. Si la bronca hubiera sido con Los Gallos otra hubiera sido la canción. "Los otros se pelaron. Me agarraron a mí." Si serás güey. "Piden una feria y que si no se las doy me achacan lo de la chavita esa que se tronaron en Los Manantiales."

V. ¿Qué onda con las greñas, joy?

Eso fue lo que me dio coraje y lo que me calentó el penjaus. Me cai que si no hubiera sido por el abuso que están cometiendo con él yo nunca hubiera robado. Y a ustedes les consta. Vente, le dije al Condenado, vamos a ver qué onda. Nos fuimos bien aprisa, pa'que su jefa no fuera a verlo porque si no... Agarramos al tiradero. Allí me encontré al Microbio, dizque cuidando el bisne de su jefe. "Préstame ese desarmador grande... es para componer mi nave." "Voy, será para desenterrarte las uñas." "Préstalo, no seas gacho." Y nos fuimos. Yo tenía miedo pero no se lo dije al Condenado. No sé ni cómo le caímos a la señora. No dijo nada, nomás peló los ojos y tiró su canasta, pero nos dio el monedero: ochocientos varos y una cadenita de oro. Nos pelamos. "¿No que no tenías? Ya sabes te vamos a vigilar porque tú te pareces mucho al que se aventó en Manantiales. Si no andas derecho y si no dejas de vender tus carrujos..." Pobre Conde le llovió en la patrulla y después, cuando llegó a su cantón, bien tarde —"¿Dónde andabas, condenado? Divirtiéndote, vago, mientras que nosotros aquí nos matamos"—, se lo sonaron bien feo y por última vez.

VI. ¿Nadie trai más chelines?

Se lo agandallaron gacho. A cada rato aparecía la tira. El Conde ya ni andaba en la calle ni iba a los dances por temor de encontrarse a los de la cómica. Pero ellos lo hallaban: "Sabemos dónde vives. Si no quieres que le digamos a tu jefa en los pasos que andas, caite... Lo de Manantiales no se aclara ni se sabe quién anda vendiendo por aquí las motitas de sabores... Volvemos al rato". Era bien grueso porque se iba a buscarme. "Nos salió bien una vez; ésta, también nos va a salir. Te prometo que es la última." Y allá íbamos y sí, sacábamos feria pero a mí me dio miedo que me apañaran. Un primo mío cayó en el tambo y salió bien amolado.

VII. Qué grueso, ya está chillando

"Me piden veinte juanitas para en la noche porque si no..." Eran palabras mayores. Me dio miedo. Él se fue solo, a los baños. Allí lo picaron gacho. Tuvo que venir a la casa, a esconderse. Pero no dijo nada hasta que tronó. Su jefa lo llevó al hospital, muy infectado. Allá lo dejó y mientras él estaba muriéndose ella se la pasó diciendo que su hijo era un esto y un l'otro, que un delincuente, que un ladrón. Y él, que se había metido en la bronca para no hacerle cuete a su jefa. Caray, me daba coraje y por eso le hablé derecho. No me hizo caso y hasta me tiró la bronca: "Tú eres igual de vago y malviviente. Si lo tapas será porque algo debes, pero te juro que si a mi hijo le pasa algo...".

VIII. Lo de menos es vivir

Bien gacho estuvo el velatorio. El Agujeta, muy discoloco, andaba allí atendiendo a todo el mundo, sirviendo café y trago, muy atento el güey. Y la ruca, peor. "Ustedes, muchachos, vean lo que le pasó a mi hijo: los malos consejos, las malas compañías, me lo volvieron mentiroso y ladrón. Y ¿para qué quería el dinero? A mí jamás me dio un centavo y él siempre andaba todo fachoso y horrible." Cuando salió con que seguramente el Conde gastaba la feria en droga, palabra que me puse a chillar. A la vieja no puedo echarle bronca pero al Agujeta sí. Un día me las va a pagar. Siempre que vamos a salir a una tocada me acuerdo del Conde Juan. Por eso digo: si nos caen los pitufos l'entran a los madrazos, si los agarran metan el acelerador hasta donde se pueda y si los matan, mejor. Porque lo de menos es vivir, y sobre todo vivir como vivió el Conde Juan.

Tiempo de ladrones

Para Emilio Carballido

I

*E*delmira aprieta los mechones de cabellos humedecidos con cerveza. Sonríe cuando ve a Reyes abrochándole los zapatos a su hermana Carolina.

–Así me gusta verlos y no como perros y gatos, peleando. Apúrenle, porque ya no tarda en llegar su papá...

–¿Despierto a Lidia? —pregunta Carolina, dócil y obediente desde el día en que le prometieron una muñeca "besitos" o una "patinadora".

–No, espérate. Déjala que se llene bien de sueño porque si nos la llevamos modorra va'star de latosa...

De pronto se da cuenta de que sus hijos no la escuchan: murmuran entre sí: –¿Qué train, qué tanto s'están secreteando?

–Nada, yo no dije nada: fue ella —contesta Reyes, que al sonreír deja al descubierto su dentadura ennegrecida y rota. La niña levanta la mano con gesto amenazador—: Vas a ver, ¿eh? Chismoso...

–Bueno, ¿qué train pues?

–Es que mi papá me dijo que nos iba a llevar al Moro a comer churros con chocolate, pero él dice que a mí no van a invitarme. ¿Verdad que sí, ma?

–Yo no sé. A mí no me ha dicho nada, así que no se hagan ilusiones —Edelmira percibe la decepción de sus hijos y por eso, en tono que pretende ser indiferente, afirma—: Bueno, a lo mejor nos lleva pero que conste que no prometo nada... No quiero chilladeras.

Desde la cuna llegan los gemidos de Lidia. Luego un acceso de tos. Edelmira corre hacia la niña. La siente sofocada por las flemas. Para que se mejore la levanta. Un chorrito de vómito le cae sobre el vestido.

–Válgame Dios, ya me batiste. Carolina, apúrale, échame un trapito qu'ésta ya me bañó —mientras habla golpea suavemente la espalda de Lidia, que sigue tosiendo—: Estás bien malita, mi vida. Pero hoy te vamos a comprar tu jarabe. Hum, qué rico el jarabito. A ver, déjame tocarte. Híjole, se me hace que tiene calentura... Así no podemos salir...

–Ay mamá —gritan los niños mayores al mismo tiempo.

–Pos si está enferma, ¿qué quieren que haga? A ustedes lo único que les importa es la compradera. Si no salimos hoy podemos ir otro día al centro, ni que fuera a acabarse el montonal de cosas que hay allí... Y no me pongan esa cara porque me los emparejo. Ándale, Carolina, échale una calentadita a la botella de tu hermana, a ver si con lo tibio se le pasa la tos.

La niña corre a la estufa. Reyes permanece junto a su madre y empieza a hablar en tono de confesión: –Ya lo pensé bien, ma, y mejor sí voy a querer el reló con radio. Está bien padre. El Chume trai uno, me lo prestó.

–Y eso ¿para qué sirve? —pregunta Edelmira, mientras le cambia los pañales a Lidia—: ¿No sería mejor que te compraras una chamarra? El frío está bien duro.

–Ay, pero pos una chamarra qué chiste tiene...

–Te quita el frío, ¿se te hace poco?

–Ay mamá, pero yo quiero el reló con radio. Ándale ¿sí? Que conste, ya dijiste que sí...

–Yo no dije nada, escuincle mentiroso, lárgate de aquí. A ver, pregúntale a Carolina si ya está la leche... Se tarda como si hubiera ido a ordeñar la vaca... Esto sí le voy a pedir a tu padre: que compremos tan siquiera una caja de leche para no andar con las apuraciones de que luego no encuentro. Y también un tanque de gas grande porque el chico no me dura nada...

–Hazte pa'llá —dice Carolina a Reyes, para que le deje sitio en la cama.

–Oigan, y ustedes ¿qué están haciendo aquí? ¿No tienen nada qué hacer? —Edelmira pregunta por simple formulismo. En realidad la complace verse rodeada por sus hijos, compartir con ellos la euforia de esa tarde: la primera en que saldrán de compras desde hace mucho tiempo.

II

La puerta se abre de golpe. Un viento helado rodea a Severo, que llega en camisa y pantalón. Como la luz está muy baja nadie se da cuenta de que tiene la cara hinchada, los ojos irritados. Feliz de que su esposo haya llegado temprano, Edelmira toma a Lidia entre sus brazos y con una gran sonrisa dice: –Ya estamos listos...

–Me robaron... —la voz de Severo apenas se escucha.

–¿Qué? —pregunta Edelmira, con los restos de una sonrisa.

–Me robaron, me robaron, me robaron ¿qué estás sorda? Todo: el dinero, las llaves, la chamarra, los zapatos, mi credencial...

–¿También el aguinaldo?

–Idiota, te estoy diciendo que todo... —Lidia se agita, presa de un nuevo acceso de tos. Sin mirarla, Edelmira le golpea el pechito, primero con suavidad, luego con cierta fuerza que provoca el llanto de la niña.

–Cállate, escuincla... Y ustedes, criaturas, lárguense a ver la televisión o lo que sea, pero quítenseme de encima.

Con las manos en los bolsillos, Severo camina por el cuarto, desconcertado, murmurando: –La quincena, el aguinaldo y hasta los vales de la CONASUPO...

–Te golpearon mucho.

–Antes no me mataron...

–A ver, déjame ponerte unos fomentos de sal.

–Qué sal ni qué un demonio, déjame en paz, no me friegues, no me molestes —Severo da vueltas, busca algo en qué descargar su rabia. Mira la mesa de ocote, vacía; ve la estufa apagada—: ¿Y qué: ni siquiera vas a darme de comer?

–No te preparé nada. Como es tarde pensé que a lo mejor habías comido en la calle y que en la nochecita íbamos a merendar en el Moro... Los niños me dijeron...

–Y tú tan creída, ¿no? Órale, caliéntame unos frijoles, café, lo que haya... Y esa canija escuincla, a ver si ya no tose. ¿Tienes unos quinientos pesos? Préstamelos: voy a comprar unas cervezas aquí en la esquina.

–Pero ¿cómo vas a salir descalzo? Tan siquiera ponte... —Severo da un portazo. Edelmira se aproxima a la estufa. Cuando enciende la lumbre huyen las cucarachas. El calor aviva el tufo a vómito que sale de su vestido. Sin comprender aún lo sucedido, se vuelve hacia sus hijos: Carolina y Reyes están frente a la televisión, escuchando un mensaje: "Tú, nena, que eres la reina de la casa, pídele a papi y a mami que te compre esta primorosa muñeca que come, ríe, canta, juega y da besitos como tú...". La voz melosa del locutor la golpea en el centro de su ser, se desmorona y en medio de sus propias ruinas grita—: Apaguen esa porquería, apáguenla, ¿quieren volverme loca? —los niños obedecen, pero continúan inmóviles, tan oscuros y muertos como el aparato.

JOELA

I

*E*l cuarto es una especie de colmena estrecha, oscura, donde no hay espacio para las palabras. Tampoco hay ventanas. La luz llega por la única puerta e ilumina los atados de ropa (sucia o limpia) que se amontonan por los rincones, sobre la cama única en que duermen el matrimonio, las gemelitas recién nacidas y a veces también Joela. No es porque sienta frío o miedo sino porque llega del rancho su primo Jesús y entonces ha de cederle el sitio en el colchón, tendido junto a la puerta.

Cuando su madre llama a Joela para que la ayude a doblar la ropa que casi siempre sólo plancha el sol, "y si acaso tengo tiempo le doy una asentadita", la niña le pregunta cosas imposibles de responder. "Pero, criatura, ¿cómo crees que voy a acordarme si era miércoles o jueves el día que naciste?" En cambio, la madre es capaz de hacerle una reflexión precisa acerca de por qué, sin haber sido la primera en nacer, ahora es la mayor de sus hijos: "Antes de que vinieras al mundo tuve dos angelitos: Taide, que murió de dos meses, a ella sí alcanzamos a bautizarla, y el niño, que duró apenas cinco días. Él murió de desgano: por más que le di el pecho nunca quiso tomarlo".

Por ser la mayor, Joela tiene obligaciones: levantarse a las siete y media de la mañana y hacer el desayuno para su padre y sus hermanos. Todos comen de pie, junto a la mesa demasiado pequeña, puesta debajo del tapanco donde hay infinidad de trastos, muebles, implementos de trabajo que recuerdan algunos de los muchos oficios que ha ejercido su padre: un cajón de bolero, un "diablo" chico, unas tijeras de podar pasto, herramientas de mecánico, una guitarra con sólo tres cuerdas y un penacho tan estropeado que ahora no serviría ni de plumero.

II

Joela es de pequeña estatura. Los ojos negros, muy redondos, le dan parecido a un ratoncito. Bajo el derecho tiene una cicatriz profunda. Cuando alguien le pregunta cómo se la hizo, ella baja la cabeza y guarda silencio, tiembla, sobre todo si están presentes sus padres. Pronto cumplirá diez años, así que ya tiene fuerzas para doblar los colchones que durante el día permanecen bajo la cama de fierro y por la noche recubren enteramente el piso del cuarto donde duermen los nueve de familia. Joela también ha de tener fuerzas para tallar el patio que comparten con otros vecinos y es frecuente motivo de querellas; para ir a los mandados, mecer a las gemelas cuando lloran, echarse una carrerita al mercado próximo para llevarle a su padre alguna cosa que olvidó. Hacia la una y media está exhausta pero gracias al caldo de habas, los frijolitos negros o las acelgas en verde recupera energía para arreglarse un poco y salir rumbo a la escuela Héroes de la Libertad.

III

Ir a la escuela es su único privilegio, aunque nadie le haya concedido tiempo para estudiar, para abrir los cuadernos y los libros deshojados que permanecen intactos en su morral, de una tarde a otra. El exceso de trabajo en la casa le impide obedecer a la maestra que siempre termina las clases con la misma súplica: "Repasen las tablas de multiplicar y no se les olvide hacerme la composición que les pedí". Lo que más le gusta a la niña es escribir composiciones. Muchas veces causan la risa de sus compañeros y con frecuencia dejan a la maestra sumida en un silencio que a Joela le parece amenazante.

IV

Caminito de la escuela. Composición de Joela Rocha Orozco. 3° C.
"A mí me gusta ir a la escuela porque paso por la calle donde hay muchas cosas que me agradan bastante: vestidos, juguetes, dulces. También me gustan los perros que andan por allí. Ya soy amiga de dos. A uno le puse Rocky y al otro nada más lo llamo Negro porque es de ese color. Cuando llego tarde a clases es porque me atrasé en el quehacer de la casa. Si me salgo y no lo termino mi mamá me acusa con mi

papá y él me pega cuando vuelvo. Por eso prefiero que me ponga retardo o falta la maestra. En la noche, cuando regreso a mi casa, me voy con Martín, que vive cerca de donde yo vivo. Por eso dicen que somos novios, pero no es cierto: a mí me gusta que él me acompañe porque sola tengo miedo de pasar por el callejón que está pegadito al mercado. Allí se ponen los cábulas a tomar y a veces se estaciona también una patrulla. A todos les tengo miedo. Por eso me gusta que me acompañe Martín."

V

Joela piensa que el cansancio provocado por tantas cosas hechas durante el día es la causa de la tristeza profunda que la agobia en las noches, cuando regresa de la escuela. Entonces el único foquito que cuelga a mitad del cuarto da un aspecto muy triste a la cama, los tiliches, los atados de ropa. El calor de la estufa y los olores de las comidas preparadas a lo largo del día se mezclan y le pesan más que los colchones que enseguida se pone a desdoblar para que sus hermanos se acuesten.

Lo más aterrador para Joela es la visión de su padre que, siempre con el sombrero de palma calado, permanece a la orilla de la cama donde las gemelitas —eternamente húmedas y temblorosas— se revuelven con ansias imposibles de calmar. Joela teme el silencio de su padre, siempre dispuesto a reprimir y castigar. A esa sensación, a esa angustia que le duele, "como un huesito roto mero adentro del pecho", no puede referirse en el ejercicio escolar cuando la maestra le pide: "Cuenta lo más claramente posible cómo es la convivencia con tu familia cuando regresas de la escuela".

VI

Mi familia, mi casa. Composición de Joela Rocha Orozco. 3° C.

"Cuando vuelvo de la escuela y llego a mi casa ya no juego con mis hermanitos: estoy cansada y tengo quehacer. Preparo las camas y ayudo a mi mamá cuando hace el café. Nosotros no tenemos tele, pero la señora que vive enfrente sí. Desde la puerta de mi casa veo *Bodas de odio*. A mí me gustaría parecerme a la muchacha que sale en la novela y tener muchos vestidos ampones, como ella. Cuando se acaba *Bodas de odio* me acuesto y sueño."

Joela no puede contar en su composición que en las noches no duerme bien: está inquieta, sobresaltada porque las ratas se pasean por el patio, porque en la calle se oyen gritos, porque las gemelitas lloran y porque a veces escucha gemidos inexplicables que le hacen recordar historias de fantasmas.

Recortes y despidos

I

*E*ntre los muchos cambios que en las últimas semanas hemos visto en la empresa, está la forma de caminar de Zavala: anda demasiado aprisa. A lo mejor siempre sonaron de la misma forma sus tacones, sólo que no nos dábamos cuenta porque sus pasos se perdían entre los de tanto empleado que llenaba los departamentos de cobranza, quejas, orientación, relaciones humanas, proyectos especiales, posproyectos, estadísticas, conferencias. Hasta llegamos a tener un "departamento de departamentos". ¿Qué otra cosa era la Coordinación Departamental? Ahora es distinto.

En mi departamento que es el de limpieza, sólo quedamos Chabela Granjas y yo. Las dos solitas limpiamos sanitarios, pisos, papeleras, escritorios, el estacionamiento. Es mucho trabajo y sin embargo no nos subieron ni un centavo de sueldo. Se lo dijimos a Zavala pero nos salió con que "En estos momentos, si quiero, encuentro a una persona que haga todo el trabajo por la mitad de lo que ustedes ganan. Así que ahí verán...". Es cierto. Muchos de los que salieron de aquí están con las uñas sacadas, esperando a que metamos la pata o nos malquistemos con Zavala para ocupar nuestros puestos. ¡Qué cosa tan fea! Pero no es culpa de la gente sino de la necesidad.

Los que todavía quedamos en la empresa le damos gracias a Dios porque tenemos trabajo, pero nadie nos garantiza que no vayan a corrernos mañana o pasado. Dicen que de todos nosotros ninguno es indispensable. Zavala es el único que está seguro. No le han quitado sus bonos ni su compensación, pero lo veo más bien triste. Cómo no, si a él le ha tocado organizar solito el Programa de Recortes y Despidos.

II

"Zavala, no seas así. Mi señora está en el sanatorio porque acabamos de tener otro chamaco. Como ya no podíamos vivir con su madre nos metimos a comprar el condominio. Tú sabes cuánto pagué de enganche y de cuánto fueron las letras que firmé.

"Te enseñé el contrato, acuérdate, y viste que si me atraso en cuatro pagos pierdo mis derechos. Zavala, no seas así."

"Y entonces ¿no vale mi antigüedad? Señor Zavala, usted sabe que todo esto es ilegal, que usted se está prestando a cosas indebidas. Por favor, reconsidere mi caso. Si salgo de aquí no voy a encontrar empleo. Imagínese, a mi edad... Bueno mire, lo único que le pido es que me deje hablar con el patrón. Si me oye, lo convenzo. Sí, comprendo que la situación es difícil, pero ¿usted cree que un problema tan grande como el que hay aquí se arreglará si ahorran lo que gano a la semana? Piénselo, hágase de la vista gorda siquiera un mes, mientras busco..."

"Zavala, oí que voy en el próximo recorte. ¿Es cierto? Tú sabes perfectamente cómo trabajo, que aunque tenga nombramiento de jefe no me han subido el sueldo ni me dan gastos de representación. Lo único que saco es mi sueldo miserable. Como amigos, te hablo derecho: si lo pierdo me lleva la trampa. Ya recortaste a mi señora. Sabes que estamos viviendo nada más con lo mío. ¿Te imaginas si me despides a mí también?"

"Mira, Zavala, sé que no entiendes razones: con tal de quedar bien con los jefes serías capaz de cualquier cosa. Sí, te estoy gritando. ¿Y qué: vas a llamar a los de seguridad para que me echen? Sabes perfectamente que también los corrieron. Pero no tengas miedo, no voy a golpearte. Sólo vine a decirte una cosa: ¿te sientes muy seguro en tu chamba de verdugo? Pues te equivocas. Y acuérdate de lo que te estoy advirtiendo: en el momento en que ya no quede nadie aquí, los jefes te echarán a patadas."

III

Se me hizo bien tarde porque Chabelita Granjas no se presentó a trabajar. Tuvo que ir a la secundaria, a ver si podían recibirle a su hija en la mañana. No dije nada. La tapé. Hice su chamba y la mía. Por eso, a las seis de la tarde apenas andaba yo lavando el baño privado del patrón. Zavala entró en la oficina. No lo vi, pero escuché sus pisadas. "A sus órdenes." Pensé que hablarían de nuevos recortes y procuré no hacer ruido, para escuchar bien. Hasta recé: "Dios mío, que no esté yo entre los despedidos".

"Zavala, usted ha servido en la empresa como nadie. En muchas ocasiones, en los momentos difíciles, hemos visto su disposición de proteger nuestros intereses." "Que también son los míos porque yo quiero a esta empresa como si..."

Al hablar se le notaba el orgullo a Zavala. Al patrón también, cuando dijo: "Gracias a usted el departamento de recortes y despidos ha realizado su función en forma rápida y eficiente". El muy arrastrado de Zavala todavía alcanzó a decir: "Somos profesionales señor...". "Y porque conozco su profesionalismo y disciplina sé que me entenderá. En estos momentos, con quince efectivos en la empresa, sus servicios ya no son necesarios. No quiero que tome esto como un despido, sino como parte de un proceso que con el tiempo nos permitirá retomar posiciones y tal vez entonces requeriremos nuevamente de sus servicios..."

Pobre Zavala. Duro y pesado, fue siempre muy cumplido. Me consta que antes de salir para siempre de la empresa obedeció la última orden del patrón: "Antes de irse, verifique por favor que todas las luces estén apagadas".

Para una tumba sin nombre

I

*E*se muchacho debe tener nombre y tal vez un apodo relacionado con su boca inmensa, el cuello largo y fino, la mancha que ensombrece su rostro. No tiene casa, ni familia, ni perro que se tire en sus pies en las noches que lo clavan en cualquier rincón. Nadie lo acompaña, sólo el aire helado que lo punza, lo acuchilla, lo surca de la cabeza a los pies para luego desgarrarlo sobre una cruz de viento.

Marcado, herido, débil, roto, en ocasiones parece que va a desmoronarse. No es así: inmutable y silencioso como un ídolo, está hecho de buen barro y por eso lo resiste todo, como los prodigiosos insectos que —arrastrando alas, antenas y nombres asquerosos— salen de la más remota antigüedad y con certeza, ellos sí, caminan hacia el futuro.

II

–Mira nada más ese muchacho: da lástima. No: a mí esa gente lo que me da es coraje: están jóvenes, fuertes, pero les gusta más pedir limosna que ponerse a trabajar. Claro: se van por lo más fácil. La mala alimentación causa apatía. ¿Y entonces por qué no son apáticos para robar, para enviciarse? Tienen hambre y no comen. No comen porque no quieren: el otro día llegó a mi casa uno de éstos a pedir limosna. Le di una bolsa de pan. Como estaba viejo —lo que guardé de dos semanas— lo tiró, sólo porque estaba un poquito enlamado. Si hubiera tenido hambre, se lo habría comido, ¿no crees?

III

Cubierto de harapos, ese muchacho va por las calles sin prestar atención a las voces. Nadie le habla: las palabras no fueron inventadas para él. Cuando alguien quiere llamar su atención o detenerlo simplemente lo golpea, lo empuja, lo mira con asco, lo amenaza o lo escupe. Para él es el lenguaje del silencio. Hace años que nadie pronuncia su nombre y él mismo no ha vuelto a escribirlo desde que le enseñaron las letras de que se componen. Sus manos olvidaron la escritura.

Ese muchacho no se ha mirado en un espejo. No sabe que en su rostro se borran los parecidos, las señales; que allí donde hubo una peca hay una herida, donde brotaba su sonrisa hay una cicatriz, donde estaba la luz de sus ojos hay dos oscuridades sin fondo.

Sin rostro y sin nombre, sin palabras ni voces que lo nombren, así va ese muchacho por las calles. Calles que son ríos; ríos que lo arrastran hacia el mar del olvido.

IV

Siquiera a fin de año deberíamos recogerlos y meterlos a los albergues. ¿Para que se acostumbren a mantenidos? ¿Para que piensen que, sin hacer nada y nomás porque son pobres, tienen derecho a casa y comida caliente siquiera una vez al año? Te aseguro que no estarían contentos. Esa gente ya está acostumbrada a vivir como animales. ¿A quién no le gusta una cama limpia? Esta gente no... No me mires así, no me comprendes. No es que los desprecie o me den asco, lo que pasa es que no son como nosotros. ¿Te digo un secreto?: creo que ni son humanos...

V

Ese muchacho que no tiene pasado ni futuro, que no carga llavero ni recuerdos, que no atesora monedas ni cuentas de ahorro ni tarjetas de crédito, que no posee la tierra que pisa, que no sabe de bandera, de patria, ni de héroes, es en cambio dueño de la ciudad. De día o de noche la acaricia, la recorre, la vuelve cómplice o protectora. Solidario y discreto, la mira deshacerse, enfermarse bajo las guirnaldas de luces y flores; boquiabierto y paciente, permanece en un sitio días, semanas, mientras ella hace intentos de recuperarse en la forma de una casa, de un edificio, de un puente que se tiende al vacío.

A su manera, la ciudad es generosa con ese muchacho. Él le corresponde: diariamente le entrega —bajo los árboles, en terrenos baldíos, en los rincones oscuros— todas las sustancias que salen de su cuerpo. A veces, ese muchacho llega al extremo de humedecer calles, paredes y cuartos misteriosos, con su sangre: río que desemboca también en el olvido.

VI

Cuando los miro siento vergüenza, dolor, tristeza. Yo no. A veces hasta los envidio: imagínate que esa gente no tiene obligaciones ni compromisos ni conciencia de lo que está pasando. Andan así nada más, como animales. No tienen que trabajar para comer o pagar la renta. En todas partes duermen y encuentran alimento. No son pechugas de ángel pero siempre algo encuentran. Espérate: voy a darle unos pesos. No seas tonta, ¿no ves que le haces daño? Si creyera que con eso compran un pan, una tortilla, una medicina yo también se los daría, pero no: el dinero que tienen lo usan nomás para enviciarse con tíner, con cemento, con alcohol.

VII

Se apoya contra la pared. Acuclillado, busca la posición en que sus miembros tomen calor unos de otros y se concentra: ese muchacho aspira cemento. Poco a poco se va desprendiendo de su cuerpo. Lo hace con gusto, como quien se desembaraza de culpas o secretos. Luego entra en sí mismo, él único espacio de donde no puede ser arrojado. Hay silencio interior hasta que empieza a oír el lenguaje de su corazón, de su sangre, de sus huesos. Por un momento escucha muy lejana la voz de una mujer que pronuncia su nombre. De inmediato lo olvida.

Como una flor al atardecer, ese muchacho se cierra sobre sí mismo sin dejar en el mundo ningún rastro: ni siquiera su sombra. Así, quieto, silencioso, ajeno a ambiciones y violencias, hoy se convierte en estatua de sí mismo. Quizá mañana sea también su propio sepulcro: el de todos nosotros.

El fondo del vaso

I

*L*os malos tiempos se anunciaban en el gesto que hacía aparecer el rostro de mi padre como una máscara de cera puesta al sol: se le caían los párpados y las comisuras de los labios expresaban un desgano traducido en frases aisladas, monótonas, amenazantes. Los ojos se le enturbiaban por la angustia que frecuentemente se volvía llanto. Las causas eran siempre las mismas: hechos remotos, desaires, pérdidas, la nostalgia de la casa grande, la añoranza de la tierra, la infinita sensación de fracaso.

Nuestra inquietud se agudizaba cuando mi madre se hundía en el silencio y dejaba de reír, asustada por el futuro inmediato. Con paciencia y resignación seguía cumpliendo con sus deberes, atendiéndonos, cuidándonos, desgastándose para nosotros que al fin, quizá sin que ella lo supiera, acabamos por sentirnos sus verdugos. Si en algún momento le preguntábamos: ¿Por qué estás tan callada, tan triste?, ella nos respondía: "¿Para qué les digo? Déjenme con mis problemas, con mis cosas. Váyanse a jugar, aprovechen que son niños y no se dan cuenta del desastre". El desastre era la ebriedad de mi padre.

II

A partir de aquel gesto que anunciaba la recaída de mi padre todo comenzaba a desplomarse: las relaciones familiares, la disciplina, el orden de las comidas siempre amargas. También nuestra libertad quedaba rota.

En los días previos a que se iniciara el horror, mi padre se apegaba a nosotros de una manera incómoda, enfermiza, como si quisiera protegerse con nuestra vida. Su repentino interés por nuestros juegos era simplemente un recurso para no encontrarse a solas con su desdicha.

Algunas tardes, nos invitaba a "dar unos pasitos". Por solidaridad con mi madre en horas tan amargas, aceptábamos. Nos íbamos sin rumbo, simplemente caminábamos, guiados sin esperanza. La angustia de mi padre iba en aumento, cada vez que él, con el pretexto de entrar en un baño, se metía en la cantina. En la medida en que más repitiera la operación mi padre se tornaba conversador, alegre, cariñoso. Para la hora en que regresábamos a la casa era evidente su ebriedad. Ésta le daba fuerzas para justificarse y desaparecer horas o días enteros.

III

Las horas o los días en que mi padre estaba lejos nuestra casa cobraba ese aire fúnebre que tienen los lugares donde ha ocurrido una desgracia. No hablábamos de él, fingíamos ignorar su ausencia, pero era horrible ver colgadas en el respaldo de la silla sus ropas y su bastón. Para esos momentos el orden doméstico estaba definitivamente roto: comíamos cualquier cosa, dormíamos inquietos a deshora. Mi madre se pasaba el tiempo mirando por la ventana con más miedo que esperanza.

La desaparición de mi padre, aunque nos llenaba de terror, también era un respiro: se aplazaba el momento en que tendríamos que oír su monólogo enfermizo, sus maldiciones, sus obscenidades. Mientras él permaneciera lejos aún eramos dueños de la casa porque sabíamos que a su vuelta tendríamos que desplazarnos de puntitas, mantener cerradas las ventanas, salir a la calle para enfrentar las miradas lastimosas o las frases malévolas de nuestros vecinos: "Este barrio ha decaído. Antes no había tanto borracho". Uno de esos borrachos era mi padre. Y nosotros lo amábamos.

IV

Durante las largas semanas de horror en que se iba terminando la comida también veíamos consumirse las fuerzas y la paciencia de mi madre que, llorosa, invocaba junto al lecho conyugal las promesas hechas ante la Virgen de los Lagos, la Virgen de Guadalupe, la Virgen del Perpetuo Socorro. Al fin, totalmente vencida, pronunciaba la frase mágica, amenazante: "Si no me haces caso, si no te compones, voy a llamar a tu madre para que te aplaque".

Rodeada por sus hijas solteras, envueltas en mantillas de encaje negro, con las manos enjoyadas, aparecía mi abuela arrastrando un olorcito a polvo Tabú y decidida a imponer el orden en nuestra casa. Primero con ternura y después con furia, invocaba su autoridad. Inútil. Entonces sobrevenían largas conversaciones en voz baja hasta que los mayores acababan por coincidir en que "lo mejor es mandarlo a la clínica. Allí, aunque sea a la fuerza, lo hacen que deje de tomar". Llorando, mi madre expresaba su conformidad. "Me duele mucho, pero no hay más remedio. Si sigue en la casa tomará y así va a volverse loco... Me da miedo que les haga algo a los niños. Por ellos sufro, no por mí. Yo, ¡qué más diera porque me matara!"

Aquella frase, tan inocentemente dicha, acababa por destruir nuestra casa, nuestra esperanza. Entonces todos deseábamos morir.

V

Nada era peor que ver cómo se lo llevaban. Dos médicos y una enfermera adusta lo cercaban, le abrían las manos con que él trataba le aferrarse a la piesera de su cama, al marco de la puerta, a la ventana. Llorando, mi abuela y mi madre veían alejarse la ambulancia. Mucho tiempo después continuábamos escuchando los gritos desgarradores: "No dejen que me lleven. Ya no voy a tomar". Por el resto de esos días nos atrincherábamos en la casa. Ninguno de nuestros amigos llamaba a la puerta. Seguramente sus padres les prohibían juntarse con "los hijos del borracho". Un borracho al que amábamos.

Después de varios días volvíamos a nuestra rutina. En la calle nada había cambiado: los mismos niños, los mismos baches, los mismos montones de basura. Jugábamos al bote, con la esperanza de que mi padre apareciera en la esquina. Y aparecía. En la cara enflaquecida sus ojos eran inmensos. Nos saludaba sonriente y se iba a su cuarto, negándose a que lo viéramos en camisa o a que mi madre lo ayudara a desvestirse. Sólo cuando estaba dormido podíamos mirar en su cuerpo extrañas marcas, huellas, piquetes. Conforme se borraban, su rostro iba recobrando su forma, sus proporciones, igual que se volvían regulares su andar, sus horas de descanso, sus conversaciones.

VI

Pasaba algún tiempo y otra vez por alguna razón inexplicable decaía el ánimo de mi padre, bajaba el trazo de sus labios. Sabíamos lo que iba a suceder: falta de trabajo, de comida, gritos, desvelos, pánico. Lo peor, lo intolerable, aquello por lo que a veces creí odiarlo, era que viviéramos otra vez el momento espantoso en que se lo llevaran, en que los enfermeros le abrieran los dedos de la mano para separarlo de la piesera de su cama, del marco de la puerta, de los barrotes de la ventana hasta que al fin lo metían en la ambulancia, en calidad de alcohólico, de enfermo. Aquello nos dolía horriblemente porque lo amábamos.

LO QUE LAS PAREDES OCULTAN

I

*A*unque no lo veamos, sabemos que está allí: creciendo oculto como una enfermedad. A veces oigo sus alaridos. Me producen horror, me hacen sentir culpable, como a todos en la familia. No decimos nada pero sabemos bien cómo empezó la historia.

Nosotros ocupábamos la primera casita de la vecindad. Mis primos la última, pero a todas horas nos reuníamos en el gran patio donde, a juzgar por las malas condiciones en que estaban las paredes, de nada había servido el letrerito de "PROHIBIDO JUGAR PELOTA".

Mis primos eran cuatro muchachos que siempre me parecieron demasiado altos para su edad. Eso les daba un aire de abandono que se acentuó al casarse su hermana Clotilde, porque entonces mi tía Margarita se olvidó por completo de sus hijos varones y dedicó todo su tiempo a esperar carta de la hija que, al día siguiente de la boda, se fue a vivir a San Luis Potosí.

Mi tía nos visitaba todas las tardes. Entre el humo de sus cigarros Carmencitas refería a mi madre noticias de Clotilde: "No me lo dice claramente, pero me doy cuenta de que no está a gusto viviendo en casa de la suegra". "A Jesús mi yerno lo ascendieron. Qué bueno, a ver si así pueden cambiarse aunque sea a un cuarto redondo." A la novedad del ascenso siguió otra mejor: "Clotilde está esperando un hijo".

La perspectiva de convertirse en abuela entusiasmó a mi tía Margarita porque el nacimiento de su primer nieto la justificaba para visitar a mi prima en San Luis: "Por más confianza que tenga con su suegra, creo que se sentirá mucho mejor si voy a atenderla yo".

En la fecha precisa todos fuimos a acompañarla a la estación de Buenavista. Fue la primera en abordar el tren. Asomándose a la ventanilla se despidió del tío Juvencio —un hombre dormilón y de pies planos— y de sus cuatro hijos. Envuelta en las nubes de vapor que arrojaba la máquina, advirtió a mi madre: "Ahí te los encargo y al que se porte mal le das un jalón de orejas".

Seis semanas después regresó. Más delgada, repitió muchas veces: "El niño está blanquito, muy lindo. Lo único que me preocupa es que no traga bien. Ay, si hubiera podido quedarme unos días más para ayudar a Clotilde...".

II

Pasaron tres años. Mi tía Margarita siguió frecuentando nuestra casa. Llegaba cargada de noticias y retratos del nieto al que bautizaron con el nombre de Jesús. Las cartas empezaron a espaciarse y en los sobres ya no hubo retratos del niñito. Mi tía se inquietó por aquel cambio que, como se lo avisó su corazón, fue preámbulo de una mala noticia: "Clotilde me escribió. Me dice que va a venir una temporada a la casa y que traerá al niño con ella. Del marido, ni palabra, pero se me hace que las cosas entre ellos no andan bien...".

Una mañana llegó el mayor de mis primos: "Tía, que dice mi mamá que si puede ir tantito a verla; anoche llegó mi hermana". Después de mucho rato mi madre regresó con la cara descompuesta y, ante nuestras preguntas e insistencias por ver a la prima a la que tanto queríamos, reaccionó con enfado: "Déjenla en paz. Ella ahorita apenas se está acomodando en la casa. Ya irán después... y cuidadito con merodear allá". La respuesta parecía muy extraña, sobre todo porque hasta ese momento acostumbrábamos a meternos en casa de nuestros parientes con la misma libertad con que nuestros primos o mi tía Margarita iban a la nuestra.

III

Un domingo mi madre nos dijo que por la tarde visitaríamos a Clotilde, "pero mucho cuidado en hacerle alguna majadería", nos advirtió sin que comprendiéramos sus motivos.

Clotilde nos abrió la puerta. Fue difícil no mostrarnos sorprendidos ante su cambio: con el pelo corto y ralo, parecía una convaleciente. Sentado en una silla, a la mitad del patio, mi tío Juvencio se mantuvo silencioso mientras Margarita se esforzaba por ser cordial. Clotilde parecía muy contenta de vernos. Hizo bromas, preguntas, pero nosotros no le hacíamos caso porque sólo deseábamos ver a aquel niño, siempre tan rodeado de misterio. "En cuanto se despierte se los traigo. Necesita descansar mucho..."

Cuando oímos el llanto de Jesusito, mi madre y Margarita intercambiaron una mirada inquieta. Mi tío Juvencio se levantó precipitadamente y salió de la casa dando un portazo. Mi prima fingió no darse cuenta de aquella actitud. "Ahorita les traigo a su sobrino", nos dijo sonriendo. Su gesto tierno y apacible era el mismo cuando volvió con el niño entre los brazos. Fuimos nosotros los que enmudecimos ante aquella criatura.

Inclinada sobre él, Clotilde le decía frases amorosas: "Bonito, mi cielo... ¿'Tas contento, papá? Uy, no, ya te mojaste. Cochino... A ver, ¿me ayudas a cambiarlo?". La pregunta iba dirigida a mí, que tanto había insistido en conocer a mi sobrino. Salí huyendo.

IV

Mi madre nos contó la historia de Clotilde: en cuanto Jesusito cumplió un año se dieron cuenta de que no estaba bien. Consultó con un médico, quien le aseguró que "un tratamiento constante y una vida normal podrán ayudarlo para que, por lo menos, llegue a valerse por sí mismo...". Jesús, incapaz de soportar la idea de haberlo engendrado, se alejó de Clotilde, le prohibió mostrar al niño o llevarlo nuevamente al médico pues terminó por convencerse de lo que decía su madre, una mujer ignorante y supersticiosa: "Las criaturas así son hijas del diablo".

Durante más de un año Clotilde arrastró en silencio su desdicha hasta que al fin, agobiada por la indiferencia de su esposo y los malos tratos de su suegra, volvió a refugiarse en casa de sus padres, donde vive desde hace quince años. Envejecida, pasa sus días enclaustrada junto a su hijo. Jesús es un muchacho enorme y fuerte. Sus movimientos son desarticulados, incomprensibles su risa y su lenguaje, pero en su mirada hay siempre un brillo de inteligencia que es también de dolor. Cuando escucho sus alaridos, pienso que es una forma de acusarnos porque todos con nuestro rechazo y nuestra incomprensión hemos hecho más grave su enfermedad y más terrible su condena injustísima.

Historia de un hombre digno

112

LA ÚLTIMA NOCHE DEL TIGRE

Nosotros

¿Quién lo dijo? ¿Cómo se supo? A ver, vamos haciendo una lista de los que estuvimos aquí en las últimas reuniones. Piensa: no éramos muchos. Siento decirlo, pero de entre nosotros tiene que haber salido el soplón. Haz memoria, te digo que no éramos muchos.

Ellos

No soy ningún idiota. Me doy cuenta de que Cosme es un infeliz. Siempre lo fue, lo conozco desde hace casi treinta años, sé muy bien de qué estoy hablando. Por eso mismo les garantizo que nos servirá. ¿Qué nos ganaríamos con atraernos a un tipo muy brillante, muy listo? En primer lugar se daría cuenta de la situación a las primeras de cambio y no es lo que queremos. Les apuesto doble contra sencillo a que Cosme no se da cuenta de nada. A él lo único que le importa es tener asegurada su lanita. Anda desesperado. Me lo dijo. Seguro acepta.

El hombre

De lo que sea, con tal de salir del atolladero. Si estoy tronado no es por flojo. Tú me conoces desde que nos recibimos, nunca tuve problemas para colocarme. Mi trabajo era reconocido. De pronto no sé qué pasó. Me liquidaron. Al principio no me espanté; hasta me gustó la posibilidad de cambiar de compañía. Pensé que con la práctica que tengo en todas partes iban a recibirme con los brazos abiertos.

Los jefes

Pues sí, tiene mucha experiencia, buenas cartas de recomendación, pero aquí nunca contratamos personal mayor de cuarenta años.

No es por nada, pero después de esa edad ya no es lo mismo. Comienzan los problemas de salud. Le voy a poner un ejemplo para que entienda bien. Un individuo es como un automóvil: éste, a los dos o tres años de estar funcionando, ya no responde igual. ¿No es lógico que suceda lo mismo con una maquinaria que ha estado trabajando durante medio siglo?

Ella

Llevamos así tres años. Se dice fácil, pero tú no sabes lo que es vivir sin un centavo. Primero vendes las alhajas, luego andas empeñando a escondidas para que los vecinos no se den cuenta. Los hijos, aunque quieran, no pueden ayudarnos y además Cosme jamás lo permitiría. Pero llega la hora en que doblas las manos, te olvidas de la dignidad y comienzas a pedir prestado. Todo menos hacerle más pesada la carga a un hombre, sobre todo si ves su desesperación. Cosme estaba tan mal que hasta tuve miedo de que se suicidara.

El hombre

Ya sé que lo dices por ayudarme, pero date cuenta de que tú también estás grande. No me malinterpretes, no digo que estés vieja pero en todas partes sólo quieren muchachas. Además, soy un hombre digno y nunca aceptaría que mi esposa me mantuviera. Mientras yo viva... Ay, Esperanza, no sé cómo tienes paciencia para oírme. Sí, estoy llorando, ¿y sabes por qué? Porque tengo mucho coraje. Si me negaran el trabajo por inepto, bueno hasta por mi mala presentación, lo aceptaría; pero que me rechacen sólo por que cumplí cincuenta años, eso sí me parece intolerable...

Ella

Y para una es peor, porque siempre tienes que estar dándoles ánimo, ocultándoles las cosas. "Que tu padre no sepa que te pedí dinero porque me mata." Sí, a veces es necesario mentir. Yo, por ejemplo, nunca le dije que seguí buscando trabajo y menos iba a contarle que también a mí me rechazaban. Ésa hubiera sido la puntilla para él. Vieja, completamente empolvada como estoy, ¿quién iba a quererme? Al final lo único que pude hacer fue encomendarme a Dios. Y me escuchó.

El hombre

Porque tu marido, este hombre tan digno, hoy tuvo que suplicar, Esperanza, suplicar. Por favor hágame un examen. Tengo experiencia, califico, déme una oportunidad. ¿Y sabes lo que me contestó el tipo —por cierto, muy joven, muy bien vestido—?: "Señor, éste es un negocio, no una casa de beneficencia. Retírese. Y ya que a su edad no tiene nada, por lo menos conserve un poco de dignidad". Me lo dijo porque, sin darme cuenta, estaba llorando.

Ellos

Me lo encontré en Telégrafos. No lo había visto. Él fue quien me habló. Caray, hermano, ¿dónde te habías metido? Me recordó a la palomilla. A Ponce es el único que veo de cuando en cuando, los otros se me perdieron. Entonces me acordé que se llamaba Cosme. Le vi lo fregado en la cara o, mejor dicho, en los zapatos con los tacones comidos. Allí fue donde tuve la idea: éste es el hombre. Está lloviendo, si quieres te doy un aventón y aprovechamos para platicar. Me salió con que su coche estaba en el taller. Yo hice como que le creía y pensé: Caray, de la que me salvé. Seré lo que se quiera, pero no un fracasado como este pobre Cosme.

El hombre

Lo encontré en Telégrafos, a la hora en que fui a ponerle un telegrama a mi hermano Alfonso. A ver si ahora contesta. "Úrgeme gires cincuenta mil pesos. Situación grave. Envío carta." Enseguida me reconoció, le dio un gustazo. Se ofreció a traerme a la casa, luego propuso que nos tomáramos una copa. No pongas esa cara: ya sé que estoy cuete. Es para celebrar: me ofreció trabajo. Él solito, sin que yo se lo pidiera, me dijo que estaba buscando una persona como yo. No acepté luego, por dignidad. No te preocupes, no llores. Tranquilízate: mañana mismo le hablo. ¿No te digo que me necesita? Lo bueno es que él no sabe mi verdadera situación.

Ellos

A la segunda copa se dobló. Contrólate, todos hemos pasado por malos momentos. Comprendo perfectamente tu situación. No te ofendas: no quiero darte ayuda sino pedírtela. No es un trabajo duro pero sí delicado. Ahora que no quiero forzarte ni abusar de nuestra situación. Vi cómo se le nublaban los ojos de agradecimiento. Pensé: Si éste llora más, nos inundaremos.

Nosotros

Todos hablamos mucho, menos Cosme. Ése nunca dice nada. Yo no sé a qué viene a nuestras reuniones.

El hombre

Voy a cumplir cincuenta y tres años. Aunque quiera, no puedo dejar esto. Piensan que soy estúpido, que no me doy cuenta; pero ellos me dan asco y yo me odio. Siento que moriré pronto. Sólo me preocupa una cosa: no tendré tiempo para ver el día en que todos esos jóvenes gerentes y jefes de personal que me rechazaron comiencen a desgastarse. Primero perderán el empleo, luego la esperanza, después la dignidad hasta que al fin se conviertan como yo en soplones.

DIOSAS ELEMENTALES

María: Diosa del Agua

*D*e láminas y tablas está hecha la casa que María construyó sobre la tierra de Tlatilco: verdosa, eternamente sacudida por el paso del tren. Con sus manos sabias en todos los oficios, ella clavó los cuatro palos que sostienen su techo; con ellas formó la puerta y la ventana de ese cuarto que en época de lluvias se transforma en el Arca de Noé.

María es alta, ancha de espaldas y cuando entra en su casa —demasiado pequeña para una mujer de sus proporciones— semeja una tortuga resguardándose en su caparazón muy ajustado. Así como en las horas de su vida no hay momentos perdidos, en la casa de María no hay espacios huecos: sobre la cama están las imágenes benditas, junto un cajón para guardar la ropa, enseguida la mesa y encima ristras de ajos y atados de yerbas. Más allá de la estufa cuelgan bolsas de plástico donde la mujer atesora raíces, cortezas, ramas y hojas que la alivian de las enfermedades: ajenjo para la bilis, borraja para la fiebre por dentro, cuásima para la tos. Lo que más tiene es doradilla, cuajilote y azocopaque: todos buenos remedios para los riñones.

María, que en la ciudad ha perdido desde su juventud hasta su última esperanza, conserva la antigua forma de vestir: camisola y enagua, pies descalzos. Sin afeites ni adornos, va siempre coronada por las trenzas, gruesas y encanecidas, que tuerce sobre su frente. Cada mañana las teje. Luego, como si fuera un manto, pone sobre los hombros el mecapal que remata en dos cubetas.

Con la carga a cuestas, María inicia el rito cotidiano, que se repite mil veces: va de la toma de agua hasta la puerta de las viviendas donde le compran el líquido. Recibe la paga en silencio, con la dignidad de quien hace justicia, siembra la palabra de Dios o simplemente se sabe un eslabón en la cadena de la vida. Después vuelve a su casa, a su santuario y bendice a su Dios, que la tiene viviendo a pan y agua.

Por todas estas cosas, en Tlatilco, María es Diosa del Agua.

Felícitas: Diosa del Viento

Felícitas siempre tiene la boca abierta, no por la risa sino por el asombro que le causa su vida, misteriosa e inexplicable para ella misma. Conoce el abandono de siempre desde que comenzó a saber su nombre, a contarse los dedos de la mano, a mirar intranquila el cuerpecito que floreció aun bajo los golpes, el hambre y el trabajo.

De Vito, su tierra, recuerda pocas cosas, pero de una manera obsesiva, los cerros de piedra y los camiones de volteo, yendo y viniendo entre nubes de polvo. Polvo de tierra casi blanca, terca y alborotada al mínimo soplo de viento. Quizá por eso ama tanto febrero, el mes loco del año. De niña, mientras otros cazaban mariposas, ella iba en busca de los remolinos. La impulsaba el ansia de quedar en su centro, de sentir cómo se hinchaban sus ropas hasta ponerle alas en el cuerpo. Pero nunca voló: el aire se aplacaba y ella seguía con los pies clavados en la tierra.

Ahora, ya de grande, sigue igualmente fascinada por el viento. Cuando sopla, Felícitas se queda mirando las ropas tendidas que se inflan: las camisas levantan los brazos, como si pretendieran estrecharla; sus vestidos se sacuden como si estuvieran contagiados por el ansia de echarse a correr que ella misma experimenta en secreto.

Durante todo el año Felícitas vende en las proximidades de la escuela raspados, tamarindos con chile, juguetes, cacahuates. Sólo en febrero y marzo se dedica a hacer papalotes. Ya no son de papel sino de plástico; ya no tienen los colores tan vivos pero aún iluminan las tardes grises, broncas, polvorientas de los Pedregales.

Con el pretexto de incitar a los niños a comprarlos, va por las calles con su atado de papalotes. Los siente inquietos, anhelando zafarse de los hilos que ella aprieta en su mano; los oye cuando chocan unos con otros, siente su aleteo, su aspiración de libertad, su rebeldía, su lucha con el viento.

Cuando vende alguno de sus papalotes, Felícitas se queda un rato inmóvil, mirándolo alejarse, estremecerse. Entonces surge ese recuerdo feo donde tiene principio y fin su memoria: "Si dejas de llorar te compro un papalote para que desde aquí saludes a tu madre, que de seguro está en el cielo".

Nadie hace papalotes tan lindos como Felícitas y por esta razón allá, en los Pedregales, ella es la Diosa del Viento.

Eulogia: Diosa de la Tierra

Cada dos o tres semanas Eulogia viene a la ciudad acompañada de su padre, Juan Merino, vendedor de macetas y de tierra. Él lleva sarape, huaraches, sabe algunas palabras en castellano y conoce el valor de las monedas. Eulogia anda descalza, no levanta los ojos ni se ríe, habla sólo otomí. En ese hermoso idioma conversa con su padre hasta el momento en que llegan al mercado. Entonces guardan silencio, temen la burla de quienes, por no entender su lengua, los consideran tontos.

Mientras Juan recorre los pasillos del mercado ofreciendo su mercancía, Eulogia se acomoda en el primer sitio que encuentra. Lentamente, con disimulo, como si no quisiera ser vista, abre los costales donde ha traído tierra de hoja, tierra negra, tierra colorada, ¡tierra pa'las macetas! Hace montoncitos regulares y entre ellos se confunde: tan oscuros son su piel, su cabello, sus ojos. Inmóvil, silenciosa, el olor de la tierra la aísla del ruido, de la fetidez, pero no puede protegerla contra ciertas miradas de codicia. Cubierta con su camisa solferina, con sus enaguas verdes, Eulogia parece una flor del monte; una flor indefensa sobre la que caerán la lluvia, el viento, el infortunio, la rapiña.

Por su silencio, por su quietud, por su abandono, Eulogia es, en medio del mercado, la Diosa de la Tierra.

Desnudo al amanecer

I

*E*ntre la tierra gris y el cielo pardo hay algo más que un nuevo día: el secreto compartido. Son las seis de la mañana. Casi al mismo tiempo se iluminan todas las ventanas. Con sus ladridos, los perros acompañan un ritual doméstico que se repite idéntico desde hace muchas generaciones de mineros.

Las casas son todas iguales, como la actividad en cada una de ellas. Las mujeres encienden el fuego, multiplican el pan, alzan los hombros ante la miseria y sonríen. Los recién nacidos se revuelven en su humedad, se muerden los nudillos, gimen. En el cuartito de baño los hombres se miran al espejo; con la punta de los dedos recorren la barba de tres días, las señales que han ido dejando en sus rostros la enfermedad, la miseria, el envejecimiento prematuro. En esa rutina hay algo distinto, extraordinario: en todas las miradas se percibe brillo de rebeldía y esperanza.

II

En secreto, las mujeres se sienten cohibidas ante sus suegros, sus maridos, sus hermanos, sus esposos mineros. La mayoría pasó la noche intentando disuadirlos de la acción que llevarán a cabo esa mañana. De todas, la más combativa fue Mara que trajina y discute multiplicándose en movimiento y palabras.

—Lorenzo, ¿qué se ganan con hacer esa ridiculez?

—Que nos miren.

—No se trata de que los miren, sino de que los oigan. Si quieren hablen, griten, pero...

—¿Crees que van a oírnos? A ver, dime, ¿acaso oyeron los gritos de Alfonso cuando murió asfixiado en el último derrumbe? ¿Se preocuparon por la forma tan terrible en que tosía Gildardo? No: lo corrieron y cuando se murió, ni un clavo le dieron a su familia. Pero nosotros sí oímos todo eso, lo oímos siempre, aunque estemos debajo de la tierra.

–Alfonso, Gildardo y los demás están muertos. Ustedes no. Son muchos, piensan igual, están unidos: ¡hablen!

–¿Te pido un favor? Cállate.

–Cállate, cállate... y luego te quejas de que a ti no quieran oírte.

III

Desde la cocina, Mara ve a su esposo inclinado sobre el plato de avena sin probarlo. Lo siente sacudirse a causa de la tos. Quisiera acariciarlo, protegerlo del mal enconado en su pecho.

–Salí por agua y te advierto que hace mucho frío. Con todo y que llevaba mi chapré me caló bien feo...

Lorenzo no puede menos que volverse hacia Mara. Le sonríe largamente, seguro de que ella entiende su gesto. Apenas ha comido una cucharada de avena cuando escucha cerrarse la puerta vecina. Se pone de pie.

–Pásame el casco. Lo dejé en la cama.

–Lorenzo, todavía es tiempo de que te arrepientas. ¿Me estás oyendo? Caramba, ustedes, semejantes hombrazos, parecen niños chiquitos. ¿Cómo se ponen a hacerle caso al loco de Joaquín?

–¿Por qué le dices loco? Nunca has hablado ni siquiera una palabra con él.

–Porque debe de estar loco un hombre que les aconseja encuerarse a media calle. Claro, como él no tiene ni mujer ni perro que le ladre, qué le hace si lo corren del trabajo o si se muere de pulmonía. Pero ustedes, tú... Espérate, ¿ni siquiera te llevas la lonchera?

IV

Los hombres caminan por la calle terrosa. Los envuelve una niebla ligera como polvo fino. Sus toses rompen el silencio en que avanzan. Van más despacio que otras mañanas, aunque su destino es el mismo de siempre: la boca de la mina.

Después, poco a poco las mujeres aparecen en los quicios de las puertas. No necesitan hablar para saber que comparten la misma inquietud. Todas siguen con la mirada al grupo de hombres, que al fin desaparece, como si los cerros pelones, a la distancia, los hubieran devorado. Se oye el primer toque de la chicharra. "Yo voy a ver qué pasa y si hay guamazos, l'entro...", dice Mara. De inmediato la siguen otras mujeres que como ella aman, odian, temen a la mina que atrapa, retiene y a veces mata a sus compañeros.

V

Las mujeres llegan a la explanada cuando se oye el último toque de chicharra. Saben que llegó el momento. Algunas se llevan las manos al pecho, otras se tapan la boca para ocultar la risa, pero ninguna aparta los ojos del grupo que permanece junto a la negra entrada de la mina.

El primero en apartarse del grupo es Joaquín. Entre el casco rojo y los zapatones que usa hay un rostro áspero, un cuerpo deformado por las ropas desgarradas y sucias de lodo. "Qué hombre tan horrible", dice una mujer sin convicción y sin piedad. Las demás ríen y exclaman cuando lo ven detenerse frente a la oficina del patrón. Con gran delicadeza Joaquín se desabrocha la camisa. La arroja al suelo. Se hinca para quitarse las botas. "Pobre, no trae calcetines." Descalzo, se despoja del pantalón.

Tras Joaquín, sus compañeros siguen inmóviles. Las mujeres se ven unas a otras con la esperanza de que en el último momento el alborotador —como llaman al líder— cancele semejante prueba de rebeldía. Pero no es así. Con movimientos seguros Joaquín se despoja de su única ropa interior. Desnudo, no es apuesto. Dos manchas oscuras le ensombrecen el cuerpo: un esqueleto sobre el que la miseria ha tensado una piel parda, cuarteada, reseca como la tierra de algunas galerías. "Pobre, qué feo lo tiene todo", murmura una muchacha llena de malicia. Sus compañeras se vuelven a mirarla con severidad.

Joaquín aguarda unos segundos, inmóvil, hasta que ve encenderse una luz en la oficina. Poco a poco lo va envolviendo una atmósfera extraña, es como si creciera en su absoluta desnudez: tales son la dignidad, la convicción y la fuerza que emanan de él. Al fin, en medio del silencio, comienza a hablar. Su tono es claro, tan escueto y limpio como su cuerpo: "Queremos que nos vean. Estamos desnudos para que se den cuenta de que bajo las ropas sucias tenemos un cuerpo de carne y hueso. Esto quiere decir algo muy simple: que para vivir necesitamos comer. Para comprar comida necesitamos trabajo. Y para trabajar con alegría —aunque las riquezas que sacamos de la tierra no sean para nosotros, sino para ustedes— necesitamos justicia y seguridad".

En cuanto Joaquín termina de hablar el resto de los hombres comienza a despojarse de sus ropas. Bajo la luz de la mañana se va formando un monumento hermoso por vivo y palpitante. Las mujeres —emocionadas por lo que ven— avanzan para rodear a sus compañeros. En todas renace la confianza y el amor por esos hombres, por esos cuerpos que antes sólo habían visto sepultados en la mina o entre las viejas mantas del lecho conyugal.

Los maderos de san Juan

Piden pan, no les dan

*D*aniel es el mayor de los dos hermanos. Rodea los hombros de Fermín con actitud protectora. Muy juntos, inmóviles, envueltos en las ropas de hombre que les obsequiaron, los niños parecen dos bultos más entre los muchos que obstruyen el tránsito por la casa habilitada como "Oficina de Servicio Social" desde el 20 de noviembre de 1984, un día después de la explosión en San Juan Ixhuatepec.

Hace ya muchas horas que Daniel y Fermín fueron conducidos hasta allí. Tras las preguntas iniciales —nombre, dirección, número de familiares— nadie ha vuelto a dirigirles la palabra, nadie los mira; ellos, en cambio, lo observan todo con avidez: a los grupos de hombres que entran y salen discutiendo, las parejas que acuden llorosas en busca de hijos, parientes, amigos; las enfermeras que van y vienen con sus uniformes almidonados. Entre el conjunto de voces se escucha de pronto la de una mujer. Canta para divertir a una niñita vestida de rosa: "Los maderos de San Juan/piden pan, no les dan;/piden queso, les dan un hueso...".

Daniel siente que Fermín tiembla como si tuviera frío. Se vuelve a mirarlo. Se da cuenta de que su hermano tiene los pantalones empapados: –Ándale, cochino, ¿pos qué no te dije que allí adelantito está el baño?

Fermín no responde. Sigue observando a la mujer que canta hasta que al fin —cuando la zarandea— logra arrancarle a la niña una risa artificial, compulsiva: "Y se sientan a llorar/a las puertas del zaguán/riqui riqui; riqui raan".

En ese momento alguien entra precipitadamente en la casa. Se escucha el golpe de la puerta al cerrarse. Sobresaltado, Fermín se pone de pie, mira en todas direcciones y corre hacia la salida llorando. Daniel va tras su hermano. Apenas logra detenerlo. El niño se debate, ansioso de huir.

Sólo entonces los hombres y mujeres congregados en la Oficina de Servicio Social se dan cuenta de que Daniel y Fermín están allí desde hace horas, esperando un destino, algo de lo mucho que perdieron: su familia, su casa... Cohibido ante las miradas de sus observadores, Daniel explica tímidamente:

–Desde la explosión, mi hermano está así... Cualquier ruidito lo asusta y además no quiere hablar... —luego, al sentir que Fermín se aferra a sus piernas, sonríe y le acaricia la cabeza:

–No pasa nada, manito; no pasa nada...

Piden queso, les dan un hueso

Los rodea olor a fruta. Junto a los niños hay un montoncito de guayabas y mandarinas. Una muchacha, encargada de la limpieza en la oficina, se aproxima rengueando:

–¿Qué pasó: a poco no tienen hambre? Tú, que eres el mayor, deberías ponerle el ejemplo a tu hermanito.

Fermín levanta los ojos y mira con curiosidad burlona a la muchacha, vestida con saco de hombre y pantalones remangados a la altura de los tobillos:

–¿Qué me ves, pirinola? —alarga la mano e intenta acariciar al niño, que la rechaza con un movimiento—: Ya sé que estoy muy fachosa pero es que ¿sabes?, todas mis cosas se me quemaron y esto fue lo primero que hallé... Y ustedes, ¿están solitos?

Daniel va a contestar, pero se lo impide la encargada de la oficina, que con un cuaderno en la mano se aproxima a ellos:

–¿Tu hermano está tranquilo? —Daniel no le contesta—: ¿No me digas que también tú te quedaste mudo?

–Es que no han comido nada —interviene Caritina, que se cierra el saco y se aleja, siempre rengueando.

–Es natural, están asustados. ¿Cómo dijiste que te llamabas?

–Daniel...

–Mira, Daniel, estamos tratando de que los reciban en una casa hogar de Coyoacán. El problema es que no hay sitio para los dos. Lo que podríamos hacer es mandar a tu hermanito... Allí hay médicos. Urge que lo vean para que le quiten ese trauma que le impide hablar... A ti podemos asignarte a un internado en Tacuba... No, hijo, no te asustes: no los vamos a separar más que unos días, mientras les encontramos una casa, una familia que se haga cargo de ustedes...

–Marta, teléfono: hablan de Coyoacán... —grita Caritina.

–Espérenme tantito, luego seguimos platicando. Ya voy, ya voy... Dios santo, ¡qué trabajal!

Daniel siente cómo Fermín se estrecha contra su cuerpo, cómo tiembla. Le gustaría escucharlo decir algo: una queja, una palabra, pero nada. El niño permanece mudo desde la explosión. Su pequeñez y su silencio lo conmueven. Para manifestarle su ternura sólo encuentra una frase: –No te vayas a hacer pipí otra vez, si no, van a decir que eres muy cochino...

Caritina los observa, sonríe. Luego empieza a doblar la ropa que llegó en un atado inmenso: –A ver si encuentro un vestido que me quede...

Riqui riqui; riqui raan

En la oscuridad Daniel oye la respiración de quienes han ido a refugiarse allí durante la noche. Lo reconforta en su abandono el calor de su hermano, que se ha quedado dormido entre sus piernas. Si Fermín no estuviera allí sentiría más frío. El ruido de un motor muy lejano le recuerda que a la mañana siguiente los separarán "sólo por unos días, mientras encontramos una familia que los reciba...".

La memoria lo sitia con imágenes sucesivas: el estallido, las llamas, vidrios rotos, la escalera ardiendo, la bota de su padre junto al reloj hecho pedazos a un lado de la puerta... Por más que se esfuerza no logra precisar qué había en la casa; sólo recuerda a los marranitos que su primo les trajo el domingo desde Hidalgo: "A lo mejor todavía están allí y no han comido...". Suavemente toca el hombro de Fermín:

–No te asustes, soy yo... Vámonos a la casa. Párate rápido, no hagas ruido... Abusado, no te me atravieses...

En la calle están desordenadas todas las señales, todos los puntos de referencia se hallan revueltos. Las ruinas no impiden a los niños avanzar, no hay perros que les ladren: todos murieron calcinados. Daniel piensa en sus marranitos. Dan vuelta en Aquiles Serdán: contra el cielo, donde el amanecer se anuncia, un árbol ennegrecido por el fuego dibuja su sombra. "Ya llegamos."

Las que fueron casas son montones de piedras. En el patio donde estuvieron los marranitos se encuentra estacionada una aplanadora.

Daniel sabe que todo es inútil. Se deja caer, se apoya contra los restos de un muro, se abandona y duerme unos minutos. Al despertar ve a Fermín que, acuclillado junto a él, le acaricia las manos y canta: "Piden pan, no les dan;/piden queso, les dan un hueso./Y se sientan a llorar/a las puertas del zaguán./Riqui riqui; riqui raan...".

Enterrar a los muertos

I

*D*amiana, sin quitar de su espalda la carga de trapos y papeles, se detuvo un momento para enjugarse las gotas que descendían por su frente y sus párpados. Sintió sabor de sal en los labios. Casi al mismo tiempo escuchó un rechinido de llantas y un golpe seco. El ritmo de su corazón se alertó. Fue un aviso. No tuvo tiempo de preocuparse: los niños recién salidos de la escuela pasaron junto a ella, atropellándola, rumbo al lugar del accidente.

De las accesorias convertidas en talleres salieron los hombres. Con los rostros manchados de polvo o de grasa y las manos en los bolsillos fueron hacia la esquina que en unos segundos se llenó de curiosos. Unos a otros se empujaron y pisotearon para ver más de cerca al herido. A ninguno le inquietó la furia con que los automovilistas golpeaban sus cláxones para que ellos dejaran libre el paso; a nadie le importó el accidente: uno más entre los infinitos que ocurren cada día en ese crucero.

Ella decidió encaminarse también al lugar de los hechos. La guiaba algo más que simple curiosidad. Dos jóvenes pasaron junto a Damiana. Una se le quedó mirando sin malicia mientras decía: "No sé cómo tienes valor de ver estas cosas. A mí no me gusta porque luego ni duermo. ¿Estaba muy feo?". La trapera no alcanzó a escuchar la respuesta, pero la imaginó.

II

Damiana se confundió entre los curiosos de la última fila. Dejó el bulto entre sus pies, temerosa de que alguien pudiera arrebatarle el tesoro recolectado en calles, basureros, terrenos baldíos. Quienes quedaron junto a ella se apartaron, no por respeto sino por asco a su olor y a su indumentaria.

El espacio que le dejaron libre no permitió a Damiana ver la totalidad de la escena. Lo primero que observó fueron las ruedas del automóvil y luego los pies, bien calzados, del hombre que iba y venía vociferando, explicando, pidiendo testimonios: "A ustedes les consta que se me metió en la trompa del coche... Yo le pité, pero este infeliz no me oyó. Seguro iba tomado". Alguien afirmó enseguida: "Por aquí hay un montón de pulquerías. Por eso suceden tantos accidentes: a cada rato atropellan borrachitos..." Damiana vio el pie del hombre triturando una colilla. "Es un infeliz. Ahora el que va a tener problemas soy yo. No es justo..."

Al escuchar estas últimas palabras la trapera sintió que su corazón volvía a latir con fuerza. Arrastrando su carga procuró acercarse un poco más. Al fin quedó en primera fila. Enseguida reconoció a Justino: un montón de trapos cubriéndole la piel, un hilito de sangre emanando de su oído. Junto se hallaba una mujer, gritándole muy cerca de la cara: "¿Puede hablar? A ver, dígame, ¿tiene familia aquí?". Justino continuó en silencio. Damiana apretó los labios y se concentró en mirar la mano de su compañero: al principio se crispó sobre el asfalto; luego, de golpe, quedó inmóvil como si de un hachazo la hubieran separado del cuerpo. "Pobre hombre, ya acabó..."

A unos cuantos metros estaba el costal, repleto de trapos y cartones, que Justino soltó en el momento del golpe. Damiana fue la única en mirarlo. Pensó en recogerlo, pero cambió de opinión cuando —después de cerrarle piadosamente los ojos— la mujer que había interrogado al agonizante volvió a decir: "Sería bueno ver si alguien por aquí lo conocía, para que busquemos a sus familiares. Que sepan de él, que lo entierren... La cosa es que no nos lo dejen mucho tiempo. Con el calor, rápido se descomponen los muertos". Algunos curiosos hicieron gestos de asco, de horror. Entre ellos uno dijo: "Con tal de que no tengamos que enterrarlo nosotros, todo está bueno... ¿Saben cuánto está costando una caja? Así que los parientes de este hombre, si los encontramos, van a hacer un buen gastito...".

Mientras escuchaba esas palabras Damiana reflexionó y al fin dio media vuelta. Se alejó en silencio. Ese mediodía su carga le pareció más pesada.

III

Damiana abrió la puerta de entrada al solar. Enseguida se dio cuenta de que allí todo estaba igual: los montones de resortes, de cascos vacíos, trapos, cajas y papeles que Justino y ella habían recolectado durante meses. Se distorsionaron las formas de las tablas y de la única pared de mampostería cuando subió a sus ojos una oleada de lágrimas.

Con un suspiro, Damiana abandonó su carga y se acomodó a mitad del patio: una inmundicia. Miró el banquito de bolero donde acostumbraba sentarse Justino y al lado, como él los dejó en la mañana, una taza de peltre y una botella con restos de pulque. Las moscas merodeaban. Damiana las espantó de un manotazo y comenzó a beber.

Sobrevinieron la calma y el valor. Damiana entrecerró los ojos y murmuró: "Si les hubiera dicho que tú eras tú, me habrían encomendado que te enterrara. Pero ¿cómo?, ¿con qué? Tú mismo oíste cuánto vale una caja. Hice bien en callarme, pero conste que me costó harto trabajo, sobre todo cuando dijeron que de seguro ibas a la pulquería... Me dieron ganas de gritarles que no, que ibas a encontrarme. Pero me aguanté, ¿hice bien? Yo digo que sí".

Aturdida, Damiana recordó que mientras se alejaba del lugar del accidente había oído una sirena. "En seguida llegó una ambulancia, te recogieron y a estas horas estarán metiéndote en la fosa común, o puede que más al rato lo hagan. Si les hubiera dicho que tú eras mi señor, ahorita estarías aquí, con un montón de moscas en la cara... Estas malditas no respetan nada, ya lo sabes..."

Damiana alargó la mano. Tomó la botella. Se dio cuenta de que estaba vacía. Furiosa, la arrojó contra una maceta, que se partió en dos. Quedaron a la vista los terrones secos y entre ellos las raíces muertas de una planta. Damiana volvió a pensar en Justino: un montón de trapos, un hilito de sangre, un bulto apenas.

VALLE DE PECADORES

I

*S*iempre que terminaba la semana santa nos sentíamos liberados. Pero aquel lunes la sensación fue más profunda. La cantidad de turistas y fotógrafos que visitaron el pueblo era la mejor constancia de que las representaciones habían sido un éxito. El nerviosismo padecido en los meses que dedicamos a ensayos, reconstrucción de escenografía, telones y vestuario se disolvió al fin. Pasado el domingo de ramos dejaron de ser obligatorios el silencio, las mortificaciones y abstinencias que nos imponíamos cada semana santa. Nuestra vida volvió a ser la de antes y nosotros abandonamos las actividades de mártires, centuriones, vírgenes y apóstoles para convertirnos en lo que habíamos sido siempre: pecadores comunes y corrientes.

El lunes José de Jesús abrió el billar más temprano que de costumbre. Las banquetas frente a las accesorias y estanquillos estaban muy lavadas y los refrigeradores aparecieron repletos de cerveza. Camino a su trabajo, los hombres los miraban con gesto ávido y sonrisas prometedoras. Las mujeres también andábamos contentas: las más jóvenes podrían encontrarse de nuevo con sus enamorados y nosotras ya no estábamos obligadas a rechazar los asedios nocturnos de nuestros maridos.

Todo esto habría bastado para que viéramos con gusto la llegada del lunes, pero sucedió algo más importante: tal como lo anunció, Elena se fue del pueblo ese día. Entre los pocos que acudimos a despedirla no estaban sus padres y a ninguno de nosotros se le ocurrió decirle "quédate". Al contrario, en cuanto oímos pitar la máquina, rodeamos a Elena y le dejamos sólo una salida hacia la puerta del carro en que viajaría hasta la capital.

Con eso estábamos haciéndole un desaire y sin embargo Elena siguió tranquila, iluminada por aquella sonrisa de beatitud que adoptó desde la primera vez que hizo el papel de Virgen María. Sólo cuando el

tren desapareció me di cuenta de que era precisamente el gesto bonda-
doso de Elena lo que nos incomodaba.

II

Desde recién nacida Elena fue bonita. No le pasó lo que a otras niñas que cuando empiezan a mudar se descomponen. A los doce años
no dio ese estirón que hace ver a muchas adolescentes como enfermas.
Ella creció sin perder jamás la gracia ni la coquetería.

En la escuela Elena borraba el pizarrón y pasaba lista; en las fiestas patrias era la abanderada. Conforme iba haciéndose mujer aparecían
con más frecuencia cartas de amor entre las hojas de sus cuadernos.
Siempre las mostraba a sus compañeras y todas se burlaban de los enamorados. A los quince años, Elena era el símbolo de la belleza y de la
tentación. Quizá por eso nos sorprendió que el padre Cornejo la eligie-
ra para representar el papel de la Virgen María.

Contra lo que esperábamos, Elena asumió su papel con auténti-
co fervor. No recuerdo a nadie que haya puesto más empeño en atender
las indicaciones de Consuelo —nuestra directora artística— para expresar fe, resignación, santidad y dolor en escena. El padre Cornejo decidió
ayudar a Elena: todas las tardes la recibía en su oficina para explicarle
algunos pasajes de los Evangelios.

III

Elena cambió. Se volvió silenciosa, retraída, austera. Atribuimos
su comportamiento al fervor que nos envolvía a todos en aquella época del año; pero pasó la semana santa y ella continuó igual. Noté que
las muchachas dejaron de invitarla a sus paseos y en las reuniones pro-
curaban mantenerse alejadas de ella. "Es que no puede uno platicar de
nada: si le contamos de nuestros novios, se escandaliza; si le decimos
que nos compramos esto o aquello, como que se enoja. Dice que las cosas materiales no importan. Que deberíamos cuidar más de nuestra alma... Qué horror: ya habla igual que el padre Cornejo."

Poco a poco dejamos de ver a Elena como a un ser normal. Nos
acercábamos a ella sólo para tratarle cuestiones de la iglesia o cuando se
aproximaban los ensayos para la representación de la semana santa,
donde invariablemente se le asignaba el papel de la Virgen. Nadie era
más digna de ese honor porque nadie era tan bonita y tan bondadosa.

Elena parecía muy feliz por aquella distinción, pero no tanto como el padre Cornejo, cada año más satisfecho de ver cómo se iba moldeando el carácter de una santa: "Ganaremos una mujer hermosa para gloria de Dios", decía frotándose las manos.

IV

Pasaron ocho años. Nunca pensé que Elena pudiera sentirse agobiada o descontenta de su nuevo estilo de vida. Por eso me desconcertó cuando me dijo: "En cuanto pase la representación me iré... Nadie más que tú lo sabe, ni siquiera mis papás, y es que tengo miedo de que se entere el padre Cornejo...". Fue la primera vez que noté cuánto se había marchitado prematuramente la belleza de Elena. "Pero ¿adónde irás?" Nunca voy a olvidar la rabia y la desesperación con que me respondió: "A México, a cualquier parte donde nadie quiera que yo sea una santa...".

A los pocos días todo el mundo estaba enterado de la partida de Elena. Nadie lo confesó, pero creo que estábamos contentos de que se fuera aquella juez involuntaria de nuestras fallas y debilidades. Sólo el padre Cornejo intentó disuadirla pero —según rumores— ella no quiso tener con él una última conversación. Celebramos la semana mayor y Elena actuó como nunca, quizá porque era la última vez que representaba el papel de la Virgen.

Aquel lunes, cuando Elena se subió al tren, me acerqué a la ventanilla y le dije: "Escríbeme cuando puedas y ya sabes, aquí me tienes para lo que se te ofrezca... Te prometo que de vez en cuando iré a visitar a tus padres. Ahora que te vas, seguro que estarán muy tristes". No comprendí la sonrisa con que se despidió.

V

Naturalmente Elena jamás me escribió. Durante un año no supe de ella. Pero esta semana santa, cuando mi hermano menor viajó a la capital para cumplir una manda en la Basílica, me enteré de cuál había sido su destino: "Me encontré a Elena. Está rarísima. Ya ves que era muy persinada y muy santita, pues ahora anda toda zancona. Yo creo que se volvió güila". "¿Le hablaste?" "No. Los dos nos hicimos como si ni nos conociéramos... y eso que con ella trabajé de Cristo dos años seguidos..."

Al principio, la noticia me llenó de tristeza pero luego pensé que tal vez Elena se sentiría relajada como nosotros cuando, después del domingo de ramos, quedábamos en libertad de ser otra vez pecadores comunes y corrientes.

La última noche del Tigre

I

La vieja ya se frunció. Dice que si no hay chelines no hay cheves. Sacrifícate, carnal; cotorréatela y le sacas un cartón. ¡Qué pasó, doña! ¿Ya no nos tiene confianza?

II

Dale, dale: no pierdas el tino. Pero luego que comiencen a pasar le subes más al mecate, porque si no van a romper la piñata en un momentito y a la pobre de Tere le salió carísima. Ay Dios Santo, qué griterío. Váyanse para afuera. Bueno, o se aplacan o le digo a Tere que no haga nada de piñata. Bájenle al radio porque no oigo lo que me dice aquélla. No: Rina no está aquí. ¿No te acuerdas que la mandaste a la tienda de doña Jose por unas cervezas?

III

Fue por mi culpa. Si no se me hubiera ocurrido hacer la piñata no hubiese pasado lo que sucedió. Todo por darle gusto a mi Rina. Hija, pero si ya se acabaron las posadas. Me gasté cuanto tenía en la famosa piñata, pero valió la pena: andaba bien contenta la chamaca. A lo mejor es el último gusto que le doy porque, con lo carísimo que está todo, el año que entra ni piñata ni nada. Fue por mi culpa. Si al menos no hubiera mandado a la niña a traer las cervezas.

IV

Mira qué chula güerita. Ay, ustedes de veras son unos viciosos. ¿Qué no ven que es una niña? No se ponga celosa, doña Jose, para usté también tenemos. Por eso no me gusta que vengan aquí, porque toman y luego se vuelven locos. ¿Cuántas cervezas, Rina?

V

Agarra los centavos de mi bolsa. Nomás cuatro caguamas porque si no al rato va a ser una borrachera. Y no te dilates ni te pongas a platicar. Ya está oscuro y, además, te necesito aquí para que ayudes. ¿Adónde llevas esa lima? Déjala. Si comienzas a sacarle el relleno a la piñata al rato va a estar vacía.

VI

Güerita chula, ¿no quieres que te ayude con la bolsa? No te asustes, no te voy a hacer nada malo. No corras, canija, no te espantes... Y aquel güey, ¿qué tanto grita? ¿Qué quiere o qué?

VII

No me di cuenta de a qué horas llegó ni la oí. Los chamacos estaban alborotando mucho en el patio y, como de costumbre, en la casa de junto seguían con la música a todo volumen. Teresa: Rina está llorando en la puerta. ¿Qué te pasó? ¿Te robaron el dinero? ¿A quién mataron, habla, no te entiendo? Del susto la niña no podía decir bien las cosas. Cuando vi su carita reconocí en ella todo los rasgos del Tigre. El corazón me avisó y corrí.

VIII

Órale, dejen en paz a esa chamaca. Me meto porque se me da mi gana y ¿qué? No seré muy macho pero al menos no abuso de las niñas. Lo que quieran, nomás de uno por uno. Ay qué bocón, qué macho. Dale, dale, dale... Déjalo allí, tráete el morral con las cervezas.

IX

No sé ni cómo llegué hasta la tienda de doña Jose. En ese momento no sentí el frío ni vi el bolón de gente. Sólo al Tigre. Estaba tirado en el suelo. Me quedé mirándolo, como tonta, hasta que abrió los ojos.

Los tenía hinchadísimos, igual que la boca. Me dolió la cara, como si me hubieran golpeado también a mí. ¿Qué te pasó, Tigre, qué te sucedió? Me hinqué junto a él, le reclamé que siempre anduviera metiéndose en líos pero me callé al tocarle el pecho. Estaba húmedo de sangre. Él leyó el tamaño de su herida en mis ojos, en mis lágrimas.

X

Montoneros infelices... Ay Dios santo, que alguien pase por aquí, que nos ayude... Rina, córrele, córrele y avisa que aquí están matando a un hombre. No te detengas. Déjenlo malditos, infelices, déjenlo...

XI

¿Y tú que dijiste? Ese desgraciado del Tigre salió de la cárcel y no se acuerda de venir a verme. ¿Cómo crees? Ya me andaba por verte. Lo que pasa es que no quería llegar nada más así, por eso se me pasó un día y otro hasta que hoy me animé. Iba a tu casa. Me detuve para comprar cigarros en la miscelánea de doña Jose. No alcancé a entrar. Vi a la chamaca y a los tipos esos detrás de ella... Teresa, ¿por qué no volviste a visitarme en la cárcel? Los jueves y los domingos me daba mis vueltas pensando que te iba a ver en el patio. A veces hasta se me figuraba verte con ese vestido morado que te queda tan bien. ¿Todavía lo tienes? Híjole, yo que nunca pude decir nada, ahorita estoy hablando demasiado. A buena hora, dirás... Voy a callarme tantito. Mientras, platícame algo, lo que sea, pero tú no te quedes callada. Teresa, dame la mano...

XII

Me senté junto a él, como si no pasara nada, como si platicáramos así nada más. Le conté muchas cosas. Mi madre murió hace un año pero gracias a Dios no tuvo dolores. No quise regresar al taller de costura: me dio miedo. Después del temblor. Ahora plancho y lavo ajeno. Me va bien; bueno, más o menos, pero no me quejo...

XIII

Cálmese, doña Jose, cálmese. Pero ¿cómo voy a calmarme? Fue horrible. Vi cómo lo golpeaban. Al principio no lo reconocí. Hacía mucho tiempo que no venía por estos rumbos. Me di cuenta de que era el Tigre cuando lo dejaron tirado en el suelo y me le acerqué. No, no fue culpa suya. No los provocó. Si peleó fue por defender a la Rina. Creo que ni siquiera se dio cuenta de que era su hija a la que estaba protegiendo.

XIV

Quedito, me pidió que le hablara de su hija, que le dijera qué tan grande estaba, cómo iba en la escuela, si se le parecía, si guardaba un retrato suyo... Le contesté como pude, sin pensar. Únicamente lo miraba. Nunca antes había visto tan quieto al Tigre. Así, tirado en el suelo, me pareció inmenso, más delgado. A él nunca le gustó que estuviera de encimosa pero esa vez sí le dio gusto que lo acariciara: le toqué los hombros, le cerré bien el cuello de la camisa. Me le eché encima para atajarle el frío. Cuando le besé la cara me dijo: "Nunca he hecho nada por mi hija, nunca...". Quise explicarle que por defenderla lo habían apuñalado. No me escuchó. Estaba muerto. Ésa fue la última noche del Tigre.

La última noche del Tigre,
escrito por Cristina Pacheco,
nos presenta un catálogo de personajes
y situaciones surgidos de la vida misma
y que, gracias a la alquimia de la literatura,
trascienden el nuevo retrato
costumbrista para ofrecernos atisbos
de la condición humana.
La edición de esta obra fue compuesta
en fuente palatino y formada en 11:13.
Fue impresa en este mes de octubre de 2003
en los talleres de Acabados Editoriales Incorporados, S.A. de C.V.,
que se localizan en la calle de Arroz 226,
colonia Santa Isabel Industrial, en la ciudad de México, D.F.
La encuadernación de los ejemplares se hizo
en los talleres de Dinámica de Acabado Editorial, S.A. de C.V.,
que se localizan en la calle de Centeno 4-B,
colonia Granjas Esmeralda, en la ciudad de México, D.F.